suhrkamp taschenbuch 2290

Die Helden Jean Philippe Toussaints sind aus besonderem Holz geschnitzt, auch gerade der namenlose Ich-Erzähler seines dritten Romans, *Der Photoapparat*. Der nämlich faßt eines Tages in seinem »ansonsten ruhigen Leben« den Entschluß, den Führerschein zu machen, und begibt sich deshalb zu einer Fahrschule seines Pariser Quartiers. Doch schon im Vorfeld geraten seine ebenso zögerlichen wie bestimmten Bemühungen um die Zusammenstellung der erforderlichen Unterlagen, und vor allem die Beschaffung von Paßfotos, ins Stocken und verlieren sich schließlich in einem Strudel von Ereignissen. Auf der Suche nach einem Gasflaschendepot, nach Süßigkeiten für Pascale, nach dem Klassenzimmer von Klein-Pierre wird der Leser in eines jener abscheulichen Neubauviertel der Seine-Metropole entführt und schließlich, in einer Odyssee aus Liebe, nach Mailand und London, um sich mitten in stockfinsterer Nacht an einer gottverlassenen Straßenkreuzung in der Nähe von Orléans wiederzufinden – »am Leben«, zum Glück.

Jean-Philippe Toussaint ist 1957 in Brüssel geboren. Seine beiden ersten Romane, *Das Badezimmer* und *Monsieur*, wurden verfilmt. Beim zweiten Film führte er selbst Regie. 1993 erschien im Suhrkamp Verlag sein vierter Roman, *Der Köder*.

Jean-Philippe Toussaint
Der Photoapparat

Roman

Aus dem Französischen
von Joachim Unseld

Suhrkamp

Titel der Originalausgabe: *L'appareil-photo*
Umschlagfoto: Stephan Erfurt

suhrkamp taschenbuch 2290
Erste Auflage 1994

Druck: Nomos Verlagsgesellschaft, Baden-Baden
Printed in Germany
Umschlag nach Entwürfen von
Willy Fleckhaus und Rolf Staudt

1 2 3 4 5 6 - 99 98 97 96 95 94

Der Photoapparat

Es war etwa zur gleichen Zeit in meinem Leben, ein ansonsten ruhiges Leben, als in meinem unmittelbaren Umfeld zwei Ereignisse zusammentrafen, die, jedes für sich, kaum von Belang waren und die, gemeinsam betrachtet, leider nichts miteinander zu tun hatten. Ich hatte gerade beschlossen, den Führerschein zu machen, und mich kaum an diese Vorstellung gewöhnt, als mir mit der Post eine Nachricht zuging: ein Freund, den ich aus den Augen verloren hatte, teilte mir in einem maschinengeschriebenen Brief, auf einer ziemlich alten Maschine, seine Heirat mit. Wenn es etwas gibt, das ich nicht ausstehen kann, dann sind es die aus den Augen verlorenen Freunde.

Eines Morgens also fand ich mich im Büro einer Fahrschule ein. Es war ein größerer Raum, ziemlich düster, in dessen hinterem Teil, einer Projektionswand gegenüber, mehrere Stuhlreihen aufgestellt waren. An den Wänden hingen alle Arten von Verkehrsschildern und hier und da einige fahlblaue Plakate, verblichen und vom Alter gezeichnet. Die junge Frau, die mich empfing, gab mir eine Liste der Unterlagen, die ich für die Anmeldung benötigte, informierte mich über die Kosten, über die Anzahl der Stunden, die ich zu nehmen hatte, etwa zehn für den theoretischen, zwanzig für den praktischen Teil, vorausgesetzt, alles liefe gut. Dann öffnete sie eine Schublade und hielt mir ein Formular hin, das ich, ohne ein Auge darauf geworfen zu haben, zurückwies, es eile nicht, erklärte ich ihr, lieber würde ich es später ausfüllen, wenn möglich, zum Beispiel, wenn ich mit den Unterlagen wiederkäme, das erschiene mir viel einfacher.

Den weiteren Tag verbrachte ich bei mir zu Hause, las Zeitung, erledigte meine Post. Später am Nachmittag ergab es sich, daß ich zufällig nochmals an der Fahrschule vorbeikam. Ich ergriff die Gelegenheit, öffnete die Tür, und als die junge Frau mich eintreten sah, dachte sie, ich sei zurückgekommen, um nun tatsächlich die Anmeldung vorzunehmen. Ich mußte sie enttäuschen, ließ sie aber wissen, daß es mit der Sache voranging, ich hatte schon die Photokopie meines Ausweises und beabsichtigte, in den kommenden Stunden herauszufinden, wie man ein polizeiliches Führungszeugnis bekommt. Ratlos sah sie mich einen Augenblick an und schärfte mir dann nochmals ein, nicht die Photos zu vergessen (ja, ja, sagte ich, vier Photos).

Am selben Abend, es war mir gelungen, das Führungszeugnis zu besorgen (sogar eine Kopie hatte ich mir machen lassen), erschien ich nochmals in der Fahrschule. Ich blieb einen Moment an der Tür stehen, den Blick auf die Türglocke gerichtet, ein Glokkenspiel aus Kupfer, das ein kleiner Hammer bearbeitete. Lächelnd erklärte mir die junge Frau, daß sie es gewöhnlich abschalte, wenn sie da wäre, und sie erhob sich, umkreiste ihren Schreibtisch, durchquerte in einem hellen und sehr leichten Kleid den Raum und zeigte mir den dazugehörigen Schalter. Ich muß schon sagen, ein ziemlich ausgeklügeltes System, und wir machten uns eine Weile den Spaß, das Läutwerk ab- und anzustellen, die Tür zu öffnen und zu schließen, mal von innen, mal von außen, wo es bereits zu dämmern begann. Wir waren beide gerade draußen, als drinnen das Telefon läutete. Rasch trat sie wieder ein, und ich wartete, während sie den Anruf beantwortete, ihr gegenüberstehend, schob dabei mit meinen Fingerspitzen Gegenstände über ihren Schreibtisch, öffnete irgendeine Akte. Sie hatte kaum aufgelegt, als sie mich fragte, wie weit ich inzwischen mit der Zusammenstellung meiner Dokumente sei, und dann sichteten wir gemeinsam die Unterlagen, die ich schon zusammengetragen hatte. Außer den frankierten Kuverts fehlten für die

Anmeldung offenbar nur noch die Photos. In diesem Zusammenhang vertraute ich ihr, bevor ich mich verabschiedete, übrigens an, daß ich gerade vorher bei mir zu Hause einige Photos gefunden hätte aus der Zeit, als ich klein war. Ich möchte sie Ihnen zeigen, sagte ich, zog einen Umschlag aus meiner Jackentasche, und um ihren Schreibtisch herumgehend, legte ich ihr eins nach dem anderen vor, beugte mich dabei über ihre Schulter und begleitete meine Erläuterungen mit dem Finger. Also hier, sagte ich, stehe ich neben meinem Vater, und da, das ist meine Schwester, auf dem Arm meiner Mutter, und hier, das sind wir alle beide, meine Schwester und ich, im Schwimmbad; hinter der Boje, das ist meine Schwester, ja, ganz klein. Hier, da sind wir wieder, meine Schwester und ich, im Schwimmbad. So, sagte ich und steckte die Photos wieder in den Umschlag zurück, Sie sind, denke ich, sicher einer Meinung mit mir, daß das für uns nicht von großem Nutzen ist (für die Anmeldung, sagte ich).

Als ich am nächsten Morgen gleich nach Öffnung wieder in die Fahrschule kam (ich hatte die Photos immer noch nicht, es war zwecklos, mich darauf anzusprechen), war die junge Frau gerade dabei, auf einer kleinen Wärmeplatte Tee zuzubereiten. Sie trug einen dicken weißen Wollpullover über ihrem Kleid und wirkte völlig verschlafen. Ich setzte mich der Projektionswand gegenüber auf einen der Stühle, schlug meine Zeitung auf und begann zu lesen, um sie nicht zu stören. Während ich mir die Neuigkeiten des Tages zu Gemüte führte, tauschten wir einige Gemeinplätze aus, und als der Tee fertig war, fragte sie mich gähnend, ob ich eine Tasse wolle. Ohne meine Lektüre zu unterbrechen, lehnte ich dankend ab. Gegen ein Täßchen Kaffee allerdings hätte ich nichts einzuwenden, sagte ich und faltete mein Blatt wieder zusammen. Kann auch Nescafé sein, sagte ich. Während die junge Frau Nescafé besorgen ging (holen Sie doch auch gleich ein paar Croissants, sagte ich, wenn Sie schon dabei sind), blieb ich allein in der Fahrschule zurück, und damit ich nicht gestört wurde, hob ich den Riegel an der Glastür und verschloß sie. Ich hatte mich gerade wieder in meine Zeitung vertieft, als ich hinter mir ein sachtes Klopfen gegen das Glas hörte. Gequält hob ich den Kopf, drehte mich um und erblickte, nein, nicht etwa die junge Frau, sondern einen jungen Mann, häßlich wie sonst was, mit einer Art grünem Regenmantel und weißen Socken in Mokassins. Sorgfältig faltete ich meine Zeitung und stand schließlich auf, um die Tür zu öffnen. Der sollte einen schönen Empfang bekommen, der Knabe da. Was wollen Sie, sagte ich. Ich bin gerade achtzehn geworden, sagte er (als ob mich das beeindrucken würde). Es ist geschlossen, sagte ich. Aber ich war schon gestern hier, fuhr er fort. Ich wollte nur die Unterlagen abgeben. Jetzt sind Sie mal nicht so verbohrt, also bitte, sagte ich, sanft die Augenlider senkend. Ich machte wieder die Tür zu. Während er sich davonschlich, blieb ich für einige Augenblicke hinter der Glastür stehen, die Hände in den Taschen meines Mantels vergraben, und schaute mir gedankenvoll die Aussicht an. Vögel pickten auf dem Gehweg. Etwas weiter weg war der junge Mann inzwischen bei seinem Mofa angekommen und damit beschäftigt, mit einem ausgefransten Gummiriemen seine Unterlagen auf den Gepäckträger zu schnallen. Er drehte sich, um nochmals einen Blick in meine Richtung zu werfen, stieg dann auf sein Mofa und entschwand auf der Straße, heftig trat er bei der Verfolgung eines Autobusses in die Pedale, es war hoffnungslos, garantiert. Beim Frühstück, das wir wenig später vor der Projektionswand sitzend einnahmen, wir hatten einen Stuhl vor uns hingestellt und die Tüte mit den Croissants der Länge nach aufgerissen, plauderten die junge Frau und ich über dies und jenes, versuchten, unsere Bekanntschaft zu vertiefen. Mit überkreuzten Beinen saß sie neben mir, die Ärmel ihres dicken Pullovers hochgekrempelt, und massierte sich geistesabwesend einen Arm, den Kopf gesenkt, immer noch verschlafen. Wir sprachen über alles und nichts, in aller Ruhe, tranken gelegentlich einen großen Schluck. Während sie aufzuräumen begann, sammelte ich die auf dem Stuhl verstreuten Krümel in meiner hohlen Hand, und als sie mich fragte, was ich heute zu tun gedenke, sagte ich ihr, ich wolle versuchen, mich um die Photos zu kümmern. Sie hatte wieder hinter ihrem Schreibtisch Platz genommen, und während sie mit dem Ordnen einiger Papiere beschäftigt war, sagte sie gähnend, bei dem Tempo würde ich es nie schaffen, alle Unterlagen zusammenzutragen. Ich war mir da nicht so sicher. Meiner Meinung nach täuschte sie sich über meine Methode, sie verkannte, daß mein scheinbar recht uneinsichtiges Spiel der Annäherung die Wirkung hatte, die Realität, an der ich mich stieß, gewissermaßen zu zermürben, wie man beispielsweise auch eine Olive mürbe macht, bevor man sie erfolgreich auf seine Gabel spießen kann, und daß meine Neigung, nie etwas zu übereilen, mir durchaus nicht zu meinem Nachteil gereichte, sondern mir in Wirklichkeit eine günstige

Ausgangslage verschaffte, von der aus ich, wenn die Dinge mir reif erschienen, zupacken konnte.

Der verbleibende Vormittag verlief friedlich. Gegen elf holten wir den Sohn der jungen Frau von der Schule ab. Klein-Pierre, aus erster Ehe, erklärte sie mir, während wir in ihrem großen Volvo zur Schule fuhren, hatte die Scheidung sehr mitgenommen (ja, ja, sagte ich, kann ich mir vorstellen), aber jetzt liefe in der Schule alles sehr gut, er hatte eine Eins in allen Fächern, in Rechnen, in Sport. Wir fuhren schnell, und neben ihr im Volvo sitzend, beobachtete ich sie aus den Augenwinkeln, fasziniert von dem Kontrast zwischen der gewaltigen Geschwindigkeit, die sie vorlegte, und ihrem so liebenswert verschlafenen Anblick, ihren kleinen Augen, die hinter ihrer Fahrerbrille immer kurz davor schienen, sich zu schließen. Und im Zeichnen, fügte sie gähnend hinzu, im Zeichnen. Und im Zeichnen auch, sagte ich. Aber ja, versicherte sie fast ärgerlich, als könnte ich an den außerordentlichen Fähigkeiten von Klein-Pierre zweifeln. Er würde, wenn er einmal groß ist, fließend mehrere Sprachen sprechen, sagte sie, zumindest aber Englisch und Japanisch. Sie bestand auf Japanisch, eine Sprache mit Zukunft, Japanisch, in dreißig Jahren wird die ganze Welt Japanisch sprechen. Schau an. Im Geschäftsleben, präzisierte sie gähnend (sie war wirklich reizend), im Geschäftsleben. Klein-Pierre würde einmal im Geschäftsleben stehen, er war auf einem sprachlichen Zweig, würde Betriebswirt werden oder Diplomat. Bis es soweit war, trug er jedenfalls einen roten Anorak und eine Pudelmütze, und gerührt beobachteten wir ihn durch das Gitter des Schulhofs. Neben uns auf dem Trottoir stand eine kleine Gruppe Mütter, die sich offenbar schon längere Zeit kannten und sich duzenderweise unterhielten. Wir durchschritten das Gittertor, ich blieb in der Nähe des Eingangs zurück und ließ die junge Frau allein in den Schulhof gehen. Ich fühlte mich nicht sehr wohl auf diesem Pausenhof, wo ich niemanden kannte, und während die junge Frau sich drüben mit der Lehrerin von Klein-Pierre unterhielt, schlenderte ich mit einem nichtssagenden Gesicht am Zaun entlang. Schließlich ging ich doch zu ihnen hinüber, die Lehrerin neigte, während sie in ihrer Unterhaltung fortfuhr, den Kopf in meine Richtung, und ich erwiderte nickend ihren

Gruß, die Arme vor der Brust verschränkt. Sie berichtete von den Fortschritten von Klein-Pierre, der gute Erfolge in einigen Fächern habe, sagte sie, aber nicht gerade sehr brav im Unterricht sei, das müsse sie uns bedauerlicherweise mitteilen, und sehr bald wandte sie sich an mich, sicherlich im Glauben, daß ihre Auslassungen beim Vater besser aufgehoben wären, und ich hörte ihr mit besorgter Miene und bedächtig den Kopf hin und her schüttelnd zu (ja, ja, ich verstehe, sagte ich, ich verstehe) und gestand auch ein, daß ein solch ungestümer Bengel dem Frieden seiner Klasse abträglich sein könne.

In den Tagen darauf mußte ich eine kurze Reise nach Mailand antreten. Ich verbrachte dort zwei nicht enden wollende Tage, wenn ich mich recht entsinne, wobei ich die Zeit zwischen zwei Terminen damit beschäftigt war, die ganze Stadt auf der Suche nach englischen und französischen Zeitungen abzulaufen, die ich so gut wie vollständig in den verschiedenen Parks durchlas, von einer Bank zur anderen wechselnd, dem Stand der Sonne nach. Während ich so friedlich in meiner Zeitung blätterte, kitzelte mir ein launenhafter Sonnenstrahl die Nase, und niesend saß ich auf meiner Bank, meine Nase entwickelt tatsächlich beim Kontakt mit den ersten Sonnenstrahlen diese ergötzliche kleine Allergie. Davon einmal abgesehen, hatte ich in Mailand eigentlich nichts Besonderes zu tun – Zeitungen lesen, gewiß, und von Zeit zu Zeit den Kopf heben, die beschatteten Nebenwege des Parks betrachten –, ich war so gut wie den ganzen Tag unterwegs, marschierte mit meinen Zeitungen unterm Arm von Platz zu Platz, und bald wurde ich durch ein paar lästige kleine Schwielen zwischen meinen Zehen gepeinigt (dort, wo meine Babyhaut am empfindlichsten ist, beherzigen Sie meinen Rat). Ich verfiel daraufhin sehr rasch in eine etwas unsichere Gangart, steif und griesgrämig, fühlte mich bei näherer Betrachtung recht unglücklich und zog schließlich bei der nächstbesten Gelegenheit, einer längeren Wartezeit vor einem Rotlicht, Schuh und Strumpf aus und besichtigte den Schaden. Als die Ampel auf Grün schaltete, entschied ich mich gegen die Möglichkeit, mit großen Sätzen einbeinig über die Straße zu hüpfen, zog lieber meinen Strumpf wieder an, versuchte dabei, auf einem Bein die Balance zu halten, und als ich nahe daran war umzufallen, ich machte auf dem Gehweg kleine Sprünge auf der Stelle, um so etwas Ähnliches wie Gleichgewicht herzustellen, fand ich mich mit einem Male einem meiner Gastgeber in Mailand gegenüber, Il Signore Gambini, derselbe, der mich am Vorabend vom Flughafen abgeholt und mit seinem Wagen ins Hotel gebracht hatte. Übrigens ein ganz reizender Mann, der mich am Abend meiner Ankunft, nachdem er mir mein Zimmer gezeigt hatte, noch auf einen Whisky in die Hotelbar einlud, mir verschiedene Dokumente übergab, die er für mich vorbereitet hatte, zum Beispiel einen Stadtplan in Form einer kleinen Broschüre, den er sorgfältig mit Anmerkungen versehen hatte, um mir so den Besuch der verschiedenen Museen der Stadt zu erleichtern, und der sich jetzt wieder, während ich unter einigen Schwierigkeiten meinen Schuh anzog, mit einer außergewöhnlichen Liebenswürdigkeit bei mir erkundigte, ob er mir auf irgendeine Weise behilflich sein könne (eine Fußpflege, ja, rief ich aus und nahm seinen Arm).

Die Fußpflege, in die Il Signore Gambini mich führte (wir nahmen ein Taxi), war eines der feineren Etablissements, in dem jedem der Kunden eine eigene Kabine zustand, die jeweils auf einen als Wartezimmer dienenden stattlichen Salon hin offen waren, in dem rund um einen niedrigen und mit diversen Zeitschriften bedeckten Tisch einige Sofas standen. Ganz offensichtlich kam Il Signore Gambini nicht zum ersten Male hierher, denn es gelang ihm auf

Anhieb, für mich einen Soforttermin zu erhandeln, und während er für uns Campari bestellte, tat ich einige Schritte in dem Wartezimmer, um eine Weile vor irgendeinem demoralisierenden Seegemälde stehenzubleiben, das den Raum zierte. Bald erschien eine junge Frau, die mich in eine der kleinen Kabinen führte und mich bat, die Schuhe auszuziehen. Tutte due, sagte ich, auf die Schuhe deutend. Gut. Ich zog meine Schuhe aus und meine Kniestrümpfe, die ich sorgfältig an die Wand schob, und während sie auf einem Schemel Platz nahm, setzte ich mich ihr gegenüber und bettete lustvoll meine Füße zwischen ihre Schenkel, in das kleine, weiche und schmiegsame Nest eines Frotteehandtuches von der sanftesten Sorte. Behutsam bemächtigte sie sich eines meiner Füße, kitzelte leicht meinen Fußknöchel, drehte dann schonungslos meinen Fuß herum, untersuchte zunächst die Sohle, dann die Nägel, schließlich einen nach dem anderen die Zehen, die sie mit den Fingerspitzen spreizte, bevor sie sich über einen der Zehenzwischenräume beugte, ihn mit sachlicher Neugierde musterte und dabei einen gleichsam bewundernden Pfiff ausstieß. Sie zog den Verbandskasten zu sich herüber, kramte ein ziemlich grausiges Instrument hervor, und während sie sich zwischen meinen Zehen zu schaffen machte, entdeckte ich Il

Signore Gambini, der es sich auf einem Sofa bequem gemacht hatte, den Aktenkoffer auf den Knien, dem er verschiedene Papiere entnahm, die er eilig überflog, dabei gelegentlich einen Schluck Campari trinkend. Nach einiger Zeit, die Behandlung zog sich hin, kam er herüber, um sich, eine Hand in der Hosentasche, nach meinem Befinden zu erkundigen, und beugte sich einen Augenblick über die Arbeit der jungen Frau, um mir so sein Interesse an meinen Füßen unter Beweis zu stellen, ja, er trieb seine auserlesene Gastfreundschaft so weit, daß er mit ihr einige Worte über die Natur meiner Fußbeschwerden wechselte. Schwielen, übersetzte er mir, ein Witz, simple Schwielen, und er kehrte wieder in den Salon zurück, holte mir mein Campariglas. Ich nahm einen kleinen Schluck, während die junge Frau die Arbeit an dem Zehenverband beendete. Sie räumte dann den Verbandskasten in ein Regal, und während ich meine Schuhe wieder anzog, zog Il Signore Gambini in der Kabine einen Schuh aus, er wolle sich nur eine Kleinigkeit nachschauen lassen, streifte die Socke ab und zeigte der jungen Frau seinen Fuß im Profil, lenkte dabei ihre Aufmerksamkeit auf den Nagel des großen Zehs, der in der Tat außergewöhnlich eingeengt schien und Gefahr lief, in die Haut einzuwachsen. Die beiden führten über diesen Gegenstand eine längere Unterhaltung auf italienisch, zu technisch, um ehrlich zu sein, als daß ich mich daran hätte beteiligen können, aber da ich nun einmal auch auf den behaarten Fuß blickte, der sich unserem Urteilsvermögen darbot, verfolgte ich das Gespräch mit bekümmerter Miene und schüttelte von Zeit zu Zeit bedenklich den Kopf. Il Signore Gambini hatte nichts Schlimmes, das kann ich Ihnen gleich versichern, und durch die junge Frau beruhigt, durfte er seine Socke wieder anziehen, und wir verließen mit leeren Gläsern die Kabine.

Wieder auf der Straße, wandten wir uns in Richtung eines kleinen Restaurants, das Il Signore Gambini zum Mittagessen ausgesucht hatte, ich lief neben ihm mit gesenktem Kopf, genüßlich die Zehen in meinen Schuhen bewegend, das leichte, durch den Verband verursachte Kratzen hatte eigentlich nichts Unsympathisches, und ich betrachtete Il Signore Gambini mit dem Gefühl zärtlicher Dankbarkeit (ihm wuchsen, wie ich bemerkte, Haare aus der Nase). Im Restaurant begrüßte uns ein Ober, uns gleichermaßen mit dottore überschüttend, und führte uns dann in einen kleinen, rückwärtig gelegenen Hof, der durch Hecken vor Blicken von außen geschützt war, über uns hob sich ein falsches Dach aus Eisengittern, auf dem sich eine üppige Vegetation wilden Efeus ausbreitete. Ein Sonnenstrahl traf im Spiel des sanft die Blätter wiegenden Windes schillernd hier und dort auf die Tischtücher. Man brachte uns Oliven in einem Unterteller und zwei weitere Camparis, und während mir Il Signore Gambini von der Konferenz erzählte, an der wir beide am Vorabend teilgenommen hatten, dabei in regelmäßigen Abständen seinen Aktenkoffer öffnete, um irgendein Papier herauszusuchen, pickte er gelegentlich nach einer Olive, warf sie in die Luft und fing sie im Flug mit dem Mund auf. So entstanden in seiner Erzählung naturgemäß kleine Pausen, immer dann, wenn er sich im Schnappen nach einer neuen Olive unterbrach, er verlor deshalb aber nicht den Faden, sondern knüpfte unmittelbar wieder an, zwei Ellenbogen auf den Tisch gestützt, und fuhr, den Olivenkern diskret in die Handfläche spuckend, mit seinen Erklärungen fort. Auch ich hatte mir eine Olive genommen, nur eine, und sie auf meinen Teller gelegt, betrachtete sie nun gedankenvoll, um sie dann, während ich ihm weiter zuhörte, langsam mit dem Rükken meiner Gabel zu bearbeiten. Der Bequemlichkeit halber hatte ich mir meine Schuhe unter dem Tisch ausgezogen und rieb sanft die bestrumpften Füße aneinander. Ich hörte Il Signore Gambini schließlich nur noch mit halbem Ohr zu, alle meine Konzentration war auf die Olive gerichtet, die ich weiter gelassen mit regelmäßigem Druck meines Gabelrückens auf meinem Teller mürbe machte, und spürte fast körperlich, wie der Widerstand der Olive langsam ermattete. Bald (etwa im gleichen Augenblick, da Il Signore Gambini mit dem Reden aufhörte und sich für das, was ich tat, zu interessieren begann) erschien mir die Olive reif, und mit einem kurzen trockenen Stich spießte ich sie auf meine Gabel. Dann, wie ich sie da so aufgespießt vor mir sah, drehte ich langsam die Gabel und pflückte die Olive vorsichtig mit meinen Lippen.

Als es am nächsten Morgen soweit war, das Flugzeug zu nehmen, bedankte ich mich bei Il Signore Gambini wärmstens für all das, was er für mich in Mailand getan hatte, und kaum in Paris angekommen, suchte ich unverzüglich wieder die junge Frau in der Fahrschule auf (bleiben Sie nur sitzen, sagte ich beim Eintreten, bleiben Sie sitzen). Ich hatte vor der Projektionswand die Lektüre meiner Zeitung wieder aufgenommen, währenddessen die junge Frau an meiner Seite, sie hatte sich ihren Mantel über die Schultern gelegt, einen Stapel Akten aus ihrer Schublade holte und sie nacheinander öffnete, um sie mit Anmerkungen zu versehen. Einige Male fröstelte sie, konnte dann, ohne dabei ihr Schreiben zu unterbrechen, gerade noch ihren Mantel festhalten, der im Begriff war, von ihren Schultern zu gleiten. Und da ihr wirklich sehr kalt war, stand sie schließlich auf, den Mantel über den Schultern, öffnete mit einer Armbewegung einen kleinen Chintzvorhang und machte sich auf die Suche nach einem zusätzlichen Heizgerät in einem winzigen und düsteren Verschlag, wo in einer ausrangierten Dusche, neben einem auf einem Bügel hängenden azurblauen Anorak, mehrere Stapel alter Akten lagerten. Sie hatte mich gebeten, ihr zu folgen und bei der Suche behilflich zu sein, und während ich im Halbdunkel nachdenklich in einigen alten Anmeldeformularen blätterte, rückte sie einen nicht richtig verschlossenen Kasten zur Seite, aus dem orangefarbene Verkehrshütchen herausragten, zog eine Gasflasche zu uns herüber, auf die ein kleiner, mit einer vergitterten Brennfläche versehener Heizschirm montiert war. Ich schaffte die Flasche ins Zimmer, wo wir uns, einer neben dem anderen, mit der Bedienungsanleitung in der Hand, vor das Heizgerät knieten und versuchten, irgend etwas zu verstehen, bis wir begriffen, daß die Gasflasche leer war. Ich wäre durchaus bereit gewesen, selbst die Flasche auszutauschen, aber zum Depot war es zu weit, und man mußte ein Auto nehmen, daher machte sie den Vorschlag, gemeinsam hinzufahren, erklärte mir, daß es nicht schlimm sei, das Büro für ein oder zwei Stunden zu schließen, das würde sie öfters machen, manchmal ganz einfach nur, um ins Kino zu gehen. Wir verließen die Fahrschule, und während ich auf dem Bürgersteig, in meiner Zeitung blätternd, auf sie wartete, schloß sie das Büro ab, erklärte mir dann, wir sollten, da ihr Volvo ziemlich weit weg stehe, besser einen Wagen der Fahrschule nehmen, den kleinen orange-weißen Wagen dort mit den doppelten Pedalen und dem auf der Motorhaube angebrachten Schriftzug. Ich verstaute die Flasche im Kofferraum und nahm neben ihr Platz, währenddessen sie den Wagen startete (was waren wir doch für ein Team, wir beide, gütiger Gott).

Nachdem wir die großen Straßen der Stadt hinter uns gelassen hatten, bogen wir auf eine Art in Bau befindlicher Autobahnauffahrt ab, wo an verschiedenen Stellen hier und da noch andere Fahrschulwagen zwischen vertrackt angeordneten Hindernissen aus Metall vorsichtige Rückwärtsmanöver ausführten. Sie drückte auf die Hupe, fuhr behend im Zickzack mitten durch diese Albatrosse und hielt schließlich auf der Höhe eines Typs um die Vierzig mit Parka, der auf dem Seitenstreifen stand, rauchte und sich dabei die Wange ohne sichtbare Zeichen von Wohlwollen oder Herzlichkeit streichelte. Das ist einer der Lehrer, sagte sie. Na gut, das kann ja heiter werden, sagte ich. Ich brauche nur eine Sekunde, sagte sie. Sie stieg aus, kam dann sofort zurück, beugte sich zu meinem Fenster herab und bat mich, ihr die Schlüssel der Fahrschule aus ihrer Handtasche zu reichen. Ich öffnete die Tasche auf meinen Knien und begann zu suchen. Was ist denn das, sagte ich und zog einen großen Umschlag hervor. Lassen Sie, das ist nichts, sagte sie, das ist ein Abstrich. Ein kleiner Abstrich, sagte ich, ganz gerührt. Aber Sie sollten ihn einsenden, wirklich, sagte ich, man muß ihn einsenden. Sie sind allerliebst, sagte sie. Aber ja, ja, sagte ich, einen Abstrich sendet man ein. Und er ist da drin, sagte ich, versonnen den Umschlag neben meinem Ohr schüttelnd. Ja, wo soll er denn sonst sein, sagte sie. Ich hatte keine Ahnung. Ich legte den Umschlag wieder an seinen Platz zurück, skeptisch, ganz frisch dürfte er meiner Meinung nach nicht mehr sein, der kleine Abstrich da drin, und machte mich weiter auf die Suche nach den Schlüsseln. Ich fand sie ganz unten in der Tasche, reichte ihr den Schlüsselbund aus dem Fenster. Und während ich so im Wagen auf sie wartete, die sich auf dem Seitenstreifen mit meinem zukünftigen Fahrlehrer unterhielt (er trug Militärstiefel, schau an), zog ich, den Kopf von ihnen abwendend, gedankenverloren einen Schuh aus, dann den Strumpf, den ich sorgfältig auf das Handschuhfach legte, nahm einen Augenblick lang meine Zehen in Augenschein und machte mich dann daran, den Fuß mit einer Mischung aus zart und fest zu massieren, wobei ich vor Befriedigung das Gesicht verzog. Die junge Frau öffnete die Fahrertür, setzte sich wieder neben mich, und wegen meines nackten Fußes doch ein wenig peinlich berührt (es ist immer peinlich, mit nackten Füßen im Auto zu sitzen), erklärte ich ihr, daß sich mein Fuß wie eingeschlafen anfühle, und eröffnete ihr, daß dies wohl eine Art von Rheumatismus sei, wahrscheinlich verursacht durch eine schlechte Durchblutung, ich hatte tatsächlich Veranlagungen in dieser Richtung. Rheumatismus, ja. Oder ein bißchen Arthrose, das wäre die Apotheose. Aber waren Sie denn noch nicht bei einem Arzt, fragte sie mich. Nein, nein, sagte ich. Womöglich haben Sie die Gicht, sagte sie. Die Gicht! prustete ich, die Fußgicht. Ja, ja, sagte sie, die Fußgicht, und wir lachten. Wir verstanden uns eigentlich recht gut, wir beide. Sie legte den ersten Gang ein und fuhr los, immer noch schläfrig, hupte laut hinter einem anderen Fahrschulwagen her, und ich fühlte mich richtiggehend kränklich an ihrer Seite (vielleicht war das schon die Liebe, dieser grippale Zustand, wer weiß). Am Gasflaschendepot angekommen, das sich als eine Großtankstelle entpuppte, die aus mehreren Gebäuden und einer Werkstatt bestand, vor deren Tor ein Mechaniker frische Luft schnappte und sich wärmend in die Hände blies, erblickte ich hinter den Zapfsäulen die großen Fenster eines Selbstbedienungsladens und stieg, darauf spekulierend, dort Zigaretten zu finden, aus dem Auto und sagte zu der jungen Frau, daß ich welche kaufen gehen wollte, ich hatte so gut wie keine mehr. Ich machte einige Schritte auf dem Parkplatz, drehte mich dann nochmals um und fragte sie, ob ich ihr irgend etwas mitbringen könne, Mars oder Nuts, ein Milky Way, ich weiß nicht was, Crunch. Chips, sagte sie und lächelte. Die wenigen Leute, die uns auf dem Parkplatz in diesem Moment über den Weg liefen, hatten sich umgedreht, die einen zu mir, die anderen zu ihr, und folgten mit Interesse unserer

Unterhaltung. Wollen Sie nicht lieber ein paar spaßigere Schweinereien, sagte ich und rieb meine Fingerspitzen verführerisch aneinander, gesalzene Nüsse, gemischte Trockenfrüchte, oder Käsewürfel. Ja, ja, sagte sie, meinetwegen, öffnete den Kofferraum und hob die Gasflasche heraus. Na gut. Keinen Schritt war ich weitergekommen. Käsewürfel, ach du meine Güte. Ich machte mich trübsinnigen Schrittes wieder auf den Weg und ging durch das den Ladeneingang dominierende Drehkreuz. Drinnen war nicht viel los, fast niemand an den Regalen; ein Asiate in einer Schafsfelljacke stand an der Kasse und zahlte per Scheck. Ich drang tiefer in den Laden ein und machte die Runde, Hände in den Hosentaschen, ließ meinen Blick über die Auslagen gleiten, in denen in verschiedensten Verpackungen, aus Plastik oder Karton, Wagenheber und Autoscheinwerfer lagen, so ein Schrott eben. Auf dem Weg zur Kasse näherte ich mich dem Ladentisch und begann eine Mischung Appetizers zusammenzustellen, die ich nacheinander vor mir aufstapelte, unter den mißtrauischen Augen des Mannes hinter der Kasse, der gerade telefonierte. Dann räumte ich alles sorgfältig wieder in das Regal zurück, ich hatte mich entschlossen, doch bei den Chips zu bleiben, und griff mir, am Ladentisch vorbeigehend, eine Tüte aus der

Auslage. Was macht das, fragte ich. Der Mann legte eine Hand auf den Hörer und blickte mich fragend an. Für die Tüte Chips, sagte ich und wies zusätzlich mit dem Finger auf den Geldschein, den ich auf den Ladentisch gelegt hatte (man mußte ihm alles erklären). Wieder aus dem Laden, ging ich um das Gebäude herum und bemerkte nicht weit davon entfernt, am Rande eines unbebauten Geländes, auf dem einige Autoreifen qualmten, den weißgekalkten Flachbau des Klos. Ein ziemlich schmutziger Raum, weiße Kacheln, neben einem mit einem Scheuertuch umwickelten Schrubber waren eine Reihe Pißbecken an die Wand geschraubt, in der idealen Höhe für die Kerle, die mir bis an die Schulter reichen. Es gab außerdem mehrere abschließbare Toiletten, deren Türen alle offenstanden. Ich steckte den Kopf in mehrere von ihnen, bevor meine Wahl auf die zuletzt inspizierte fiel. Das machte ich häufig so. Ich schloß die Tür hinter mir, verriegelte sie, kippte die Klobrille aus Plastik herunter und setzte mich zum Pissen hin. Versonnen blieben meine Augen auf einer Mauerspalte haften. Hinter der Trennwand hörte man das Tropfen eines Wasserhahns, in der Ferne lärmte ein Transistorradio. So saß ich schon eine Weile da, mit starrem Blick, nun ja, ich dachte in aller Ruhe nach, in vollendeter Nachdenklichkeit, ich muß zugeben, daß Pissen meinem Denken ungemein förderlich ist. Ich brauchte, wenn ich erst einmal saß, keine zehn Sekunden, um mich in diese so angenehm leichte und geordnete Welt auszublenden, die mein Geist mir unablässig vorgab, übrigens auch nicht länger, wenn ich mich, unterstützt von meinem Körper, in die wohlige Wärme meiner Gedanken zurückgezogen hatte, mich ihr zu entreißen. Da wär'n wir wieder. Ich griff mir die Tüte mit den Chips, die ich neben mich auf den Boden gestellt hatte, öffnete sie und schaute einen Augenblick skeptisch hinein. Ich nahm ein paar heraus und führte sie zum Mund. Es gab keinen Grund, dieser Entelechie überhastet ein Ende zu bereiten. Das Denken, so erschien es mir, ist wie ein Strom, den man am besten in Frieden läßt, damit er sich in der Unwissenheit seines Fließens entfalten und wie von selbst in unzähligen wundervollen Verästelungen ergießen kann, die am Ende doch rätselhafterweise in einem bewegungslosen, ungreifbaren Punkt zusammentreffen. Daß einen hinwieder das Verlangen befällt, einen Gedanken, einen einzigen abzutrennen, ihn eingehend und in alle Richtungen wendend zu betrachten, daß einen die Lust packt, ihn im Geist wie Knetmasse zu bearbeiten, warum nicht, ihn aber auch noch in Worte fassen zu wollen, ist letztlich nicht minder enttäuschend als das Ergebnis eines Experiments, bei dem die Flockenbildung ebenso wundersam erscheinen mag wie der chemische Niederschlag dürftig und erbärmlich, ein kleiner Haufen Puder auf einem Mikroskopierplättchen. Nein, besser den Gedanken in Ruhe seinen heiteren Geschäften nachgehen lassen, so tun, als ob man sich gar nicht für ihn interessiere, sich sanft von seinem Dahinplätschern wiegen lassen und ohne viel Aufhebens nach Erkenntnis des Seienden streben. Das jedenfalls war zur Stunde meine Devise.

Mir ist übrigens von den Fahrstunden, die ich schon einmal vor zehn Jahren genommen hatte, wenig haften geblieben. Mein Fahrlehrer, ein korpulenter Mittfünfziger mit nur noch spärlichem blonden Haarwuchs, der nie was anderes als einen engen beigefarbenen Strickpullover trug, holte mich mit dem Fahrschulauto zu den vereinbarten Zeiten bei mir ab. Ich erwartete ihn auf der Straße und spähte jedesmal in Richtung der Ecke, hinter der das kleine charakteristische Gefährt auftauchen mußte, das er fast vollständig mit seinem breiten Schattenriß ausfüllte. Er parkte den Wagen vor mir und hievte sich mit einiger Mühe auf den Nebensitz in einem Durcheinander aus Flanell, das den flüchtigen Blick auf eine verstohlene Wade und eine verblichene Socke freigab, ordnete, endlich auf dem neuen Sitz installiert, wieder seine Hosen und gab mir mit müdem und mißgelauntem Ausdruck Anweisung, zu starten. Die Hälfte der Fahrstunde verbrachte er damit, seine Brille mit dem Taschentuch zu säubern, ihm saß dabei ein engelsgleiches Grinsen auf den Lippen, das mir auf die Nerven ging, die andere Hälfte testete er die neu erworbene Durchsichtigkeit seiner Gläser, und unterdessen schickte er mich durch ein gelegentlich mittels des Brillengestells angedeutetes Kommando durch ein Labyrinth von Straßen, das er in- und auswendig kannte. Ich auf meiner Seite schaltete planmäßig von einem Gang in den anderen (ich mache Ihnen hier nichts vor), den einen Fuß auf der Kupplung, den anderen in Wartestellung, bereit, im richtigen Moment Gas zu geben. Beengt und verkrampft durch diese Übung, kam es vor, daß ich manchmal, bei einem Halt vor einer Ampel etwa, ein Fenster öffnete und, gedankenverloren hinausschauend, auf das Lenkrad klopfte, damit sich meine Nerven etwas beruhigten, hier und dort kurze, gelassene Blicke auf junge Fahrerinnen warf, wie um sie wissen zu lassen, daß alles glatt lief, ich absolut Herr der Situation war. Nur keine Panik, nur keine Panik. Kaum hatte die Ampel auf Grün gewechselt, löste ich mit einer kaum wahrnehmbaren Bewegung der Schulter die Handbremse und schaltete, gleichzeitig die Kupplung loslassend (wenn ich daran denke, verdammt nochmal), in den ersten Gang, trat simultan auf das Gaspedal, das zuweilen wie von allein unter meinem Fuß verschwand, bewegt von dem über die doppelten Pedale übertragenen Druck eines anonymen Fußes. Mein an meiner Seite vor sich hin dösender Fahrlehrer tat so, als habe er mit alledem nichts zu tun, schenkte mir ein fatalistisches Lächeln und bohrte sich seufzend weiter hinein in seinen Sitz. Hatte er mich manchmal für längere Zeit seine Gegenwart vergessen lassen, brachte er sich durch eine irritierende Korrektur der Stellung meines Lenkrads wieder in Erinnerung; sein Körper blieb dabei bewegungslos, aber seine Hand kam wie mechanisch herüber und bewirkte eine minimale Abweichung von unserer Fahrtrichtung, damit wir möglichst weit um irgendein Hindernis herumfuhren, das ich gerade besonders eng hatte nehmen wollen. Da allmählich der

Prüfungstermin näherrückte, erschien es mir notwendig, auch daran zu denken, nicht länger die Vorbereitung des theoretischen Teils zu vernachlässigen (tatsächlich hatte ich damit begonnen, Fahrstunden zu nehmen, bevor ich mich der theoretischen Prüfung stellte – um gewissermaßen Zeit zu gewinnen, Sie kennen mich). So blätterte ich denn manchmal bei mir zu Hause zerstreut in einem buntfarbig illustrierten Fragenkatalog zur Straßenverkehrsordnung, der verschönt war durch eine Auswahl Photographien in der televisuellen Ästhetik einer Krimiserie, bei der der unsichtbare Täter, stets derselbe, dessen beunruhigend subjektive Perspektive uns in den verschiedensten Kameraeinstellungen gezeigt wurde, hinter dem Lenkrad saß, in diversen Asphaltschluchten, bei Sonne und bei Regen, manchmal auf verlassenen Landstraßen, auf denen dann irgendein Mofafahrer in Anorak und rotem Helm, den Gepäckträger vollgepackt mit beigen Satteltaschen, als das auserwählte Opfer erschien. Die Psychologie des Mörders – in diesem Falle die meine – brach sich im gesamten Text in Form knapper, in der ersten Person Einzahl gehaltener Maximen Bahn, wie *Ich bewege niemals mein Fahrzeug, nicht einen Meter, wenn nicht alle Windschutzscheiben sauber und durchsichtig sind*. Kein Problem für mich, ich konnte mir vertrauen, und ausgestreckt auf meinem Bett fuhr ich fort, planlos in dem Lehrbuch zu stöbern; und so schlug ich in ihm täglich für einige Augenblicke nach und fand es schließlich eine ganz passable Unterhaltung, die mir, zum Beispiel beim Frühstücken, anhand kleiner stilisierter Autos und Kreuzungen, Straßen und Verkehrsschilder kleine seichte Kopfnüsse zu knacken gab, das Ganze illustriert mit süßen Skizzen auf grünem Hintergrund, mit das Fürchterlichste, dessen die grafische Kunst fähig war. Ich war recht schnell mit den wichtigsten dort aufgezeigten Schwierigkeiten vertraut, konnte schließlich die komplexesten vorstellbaren Situationen abschätzen, und da ich schon immer ziemlich flink gewesen bin, in Gedanken, versteht sich, man darf von niemandem Unmögliches verlangen, war auch schon die Reihenfolge der Vorfahrt festgelegt, kaum hatte ich die Anordnung der Fahrzeuge wahrgenommen. Das dauerte keine zehn Sekunden. Erst das rote, dann das blaue, nur so als Beispiel. Erst das gelbe, dann das blaue, zuletzt das grüne, so ist das. Abends schleppte ich mich manchmal zur Fahrschule, um beim Theorieunterricht unter echten Prüfungsbedingungen mein Können unter Beweis zu stellen. Im Halbdunkel des Raums, an meiner Seite ein bleiches und melancholisches Mädchen, betrachtete ich die auf der Projektionswand vorbeiziehenden Diapositive und beantwortete mit traumwandlerischer Sicherheit den schriftlichen Test. Meine Nachbarin, verwirrt und charmant, die die Übung auf das äußerste anzuöden schien, eine Engländerin, hätte man meinen können, warf manchmal verstohlene Blicke auf mein Heft und übertrug teilnahmslos meine Antworten in ihres. Sie schrieb mit ruhigem Gewissen ab, ja, mit einer Entrücktheit, die ihr wahrhaft zur Ehre gereichte, und zeigte sich auch nicht sonderlich überrascht angesichts der Beständigkeit ihrer brillanten Testergebnisse, die ihr jedesmal die gewundenen und väterlich-wohlwollenden Belobigungen des Kursleiters einbrachten, eines dieser positiven Typen, in Blouson und Krawatte, der sich in blumigen Worten erging und einen Spitzbart trug. Bei dem Kerl war ich ziemlich schnell hinten runter, dafür überschüttete er meine Nachbarin um so mehr mit allen möglichen Aufmerksamkeiten, nahm sie beiseite, um an sie einige gute Ratschläge zu verschwenden, sie mit verschiedenen Fragen zu unterhalten, wobei er sie an der Schulter faßte und uns das abstoßende Schauspiel seiner kurzen, behaarten Hand bot, deren einer Finger einen Siegelring penetrierte und die nachlässig ihre wundervolle Schulter knetete. Während des Unterrichts stand er auf einem Podest, verschob mit gravitätischen Gesten kleine Magnetautos auf einer Demonstrationstafel, die eine oder andere Verkehrsregel in Erinnerung rufend, aus der er mit erhobener Stimme auch noch das letzte herausquetschte, und bewegte dabei den Zeigefinger von einem Auto zum anderen. Gelegentlich, um seine Erklärungen zu würzen, erlaubte er sich die Freiheit eines kleinen Scherzes, den er uns, schelmisch seinen Spitzbart reibend, servierte, und dann, vor Selbstzufriedenheit platzend, kaum daß die Pointe heraus war, präsentierte er bei der Erforschung unseres Lachens sein entblößtes Gesicht. Aus einem Grund, der ihm entgangen sein mußte, traf er bei uns, den sieben oder acht im Saal verstreuten Anwärtern, nicht auf die geringste Resonanz; meine Nachbarin schaute sich die Wände an, zum Beispiel, oder die Decke, und der Jüngling mit dem Schal auf dem Sitz vor mir malte weiter Kampfflugzeuge in sein Heft. Am Ende der Stunden, wenn sich unsere kleine Gruppe vor der Fahrschule auflöste, zog der Kursleiter den Reißverschluß seines Blousons hoch, nicht ganz bis oben, sicherlich damit ein einschmeichelnder Tupfer seiner affigen Krawatte sichtbar blieb, und mit harmloser Miene, tief die Abendluft einatmend, fragte er meine Nachbarin, ob er sie mit seinem Auto nach

Hause bringen könne. Da auch ich etwas träge war, zu Fuß nach Hause zu gehen, bot ich manchmal von mir aus an, großmütig wie ich war, sie zu begleiten (wie mir schien, wohnten wir alle in der unmittelbaren Nachbarschaft der Fahrschule, außer dem Kursleiter). Er besaß einen im Neuzustand konservierten Wagen älteren Baujahrs, der nach aseptischem Taxi roch, mit liebevoll gepflegten Sitzschonern, abnehmbaren Kopfstützen und einem beleuchteten Glücksbringer, der vor der Windschutzscheibe baumelte. Während er uns um die Ecke kutschierte (es waren wirklich nur zwei Schritte, ehrlich), beugte er sich zum Armaturenbrett, schaltete seine Stereoanlage an, und aus den hinten auf der Hutablage jeweils auf einer Seite postierten Lautsprechern erreichte uns durch die Dunkelheit eine Gelegenheitsserenade, die ihn, in meiner Abwesenheit, zweifelsohne in die Lage versetzt hätte, die exquisite Sanftheit des musikalischen Ambiente zu nutzen und in lässiger Manier, eine Hand auf dem Lenkradüberzug, sich Vertraulichkeiten hinzugeben, über seine Neigungen und Pläne, seine Hoffnungen und Zweifel. Aber jetzt saß ich vorne auf dem Beifahrersitz – ja, ja, ist mir lieber, hatte ich ihm gesagt –, und wie wir so fuhren, ließ er uns beiläufig wissen, daß seine multifunktionale Stereoanlage digital gesteuert sei, wobei er im Rückspiegel prüfte, welchen Eindruck diese Mitteilung bei meiner Nachbarin hinterließ, und um uns eine Demonstration der Möglichkeiten seines kleinen Juwels zu geben, schaltete er zum Beispiel das Radio an, einfach als Beispiel, verstellte den Sender mit dem Ausdruck heiterer und entrückter Macht, währenddessen sich Rotlinien aus Flüssigkeitskristall in das beleuchtete Display einzeichneten, dynamisch auf- und niederzuckten, entsprechend den blödsinnigen Bewegungen seiner Finger am Bedienungsknopf. Ich erinnere mich, daß ich ziemlich erstaunt war, als er mich das erste Mal nach Hause brachte und meine Nachbarin gleichzeitig mit mir ausstieg, wir blieben noch einen Moment auf dem Trottoir stehen, sahen zu, wie der Wagen des Kursleiters sich entfernte, und wechselten vor meiner Haustür noch ein paar Worte. Merkwürdigerweise hatte sie sich an die Tür gelehnt, eine Hand in den Haaren, und machte keinerlei Anstalten, wegzugehen. Ich hatte keine Ahnung, was sie von mir wollte, und als das Schweigen drückend wurde, unternahmen wir alle Anstrengungen, uns Fragen auszudenken, Fragen, über deren Beantwortung ich jeweils mit gesenktem Blick lange nachsann, nachdenklich mit den Fingerspitzen am Gürtel ihres Mantels spielend. Als wir schließlich jeder zu sich nach Hause aufbrachen, stellte ich fest, daß wir ganz einfach im selben Haus wohnten. In der Zwischenzeit gingen die Fahrstunden so weiter, ich war etwa bei der siebten oder achten Stunde angekommen, und mein Fahrlehrer holte mich weiterhin früh bei mir ab; wir schlugen jetzt immer denselben Weg ein, mit kleinsten Abweichungen, eine Strecke, ähnlich dem Durchgang des Springers bei der Breyer-Variante der Spanischen Partie, ein kleines Zickzack durch das Viertel also, langsam und wie zufällig, ohne die anderen Figuren auf dem Schachbrett zu berühren (reizvoll diese Breyer-Variante, scheinbare Ausflüchte, behutsame Rückzüge und doch, obwohl es nach nichts aussah, der Aufbau einer Stellung wie aus Beton). Ich kann nicht beurteilen, ob ich Fortschritte in der Beherrschung des Fahrzeugs machte, aber nach einigen Stunden begann mich die sich wiederholende Monotonie zu langweilen, und ich schlug meinem Fahrlehrer vor, jeweils eine Viertelstunde unserer Fahrstunde für eine Kaffeepause abzuzweigen. Diese Viertelstunde wurde bald zur Gewohnheit, und ich glaube, daß wir beide dabei auf unsere Kosten kamen. Wir bevorzugten kein bestimmtes Lokal, hielten vielmehr dort, wohin uns der Zufall verschlug, auch wenn unsere Wahl mehrfach auf dasselbe Lokal fiel, eine Brasserie an einer

Kreuzung des Boulevards, den wir auf dem Rückweg nahmen. Es war eine recht gut besuchte Brasserie, vor längerer Zeit mal renoviert, mit großen Wandspiegeln und einem Tresen aus Packfong, spiegelnd und strahlend, darüber aufgereiht auf Regalen Flaschen aller Schnapssorten, aufrecht stehend oder umgedreht an die Wand montiert, mit Dosiergeräten am Flaschenhals. Wir betraten das Lokal durch die doppelte Glastür gegenüber dem Tresen und suchten uns sofort einen Tisch im Lokal. Ich setzte mich auf die Bank und Fulmar nahm den Stuhl (unser Kursleiter nämlich hieß Puffin, Jean Claude Puffin, und der Fahrlehrer hieß Fulmar, und in der Fahrschule wurde gemunkelt, Puffin und Fulmar gingen jeden Mittag gemeinsam essen, sie hatten in einem Restaurant ihren festen Tisch). Für gewöhnlich bestellten wir uns zwei Kaffee, verzichteten aber weise darauf, uns dazu einen Calvados zu genehmigen. Natürlich konnte sich zwischen uns beiden nicht die Beziehung entwickeln, wie sie zwischen ihm und Puffin bestand, wir saßen uns recht zugeknöpft gegenüber und rührten schweigend mit den Löffeln in unseren Kaffeetassen. Von Zeit zu Zeit warf mein Fahrlehrer einen Blick über die Schulter, um nach dem vor dem Lokal abgestellten Wagen zu sehen, es war praktisch, von unserem Tisch aus hatten wir alle Muße, ihn zu betrachten. Ab und zu nahmen wir einen kleinen Schluck, stellten die Tassen dann wieder auf die Untertassen zurück, schauten uns in aller Ruhe um, einen Bierdeckel in der Hand und damit auf den Tisch klopfend. Sporadisch wechselten wir ein paar Worte, zum Beispiel über ein bestimmtes Bier, dessen Markenzeichen auf dem Bierdeckel abgebildet war. Tuborg, vermerkte er, nachdenklich den Kopf bewegend. Ja, sagte ich, Tuborg. Manchmal zählte ich dann noch weitere Biersorten auf, die es in der Brasserie vom Faß gab. Er ließ mich reden, stellte seinen Bierdeckel dabei senkrecht auf und hielt ihn mit einem Finger im Gleichgewicht. Dänisches Bier, Tuborg, sagte ich, er wußte das und bestätigte mir mit seinem Kopf, daß er es wußte. Ich weiß, sagte er. Ja, dänisches Bier, und seufzend nahm er noch einen kleinen Schluck Kaffee. Jeder zahlte für sich, ich hatte ihn das erste Mal eingeladen, und seitdem beharrte er mit fast freundschaftlichem Nachdruck darauf, daß wir die Rechnung teilten. Ich hätte den Mann am Ende noch sympathisch finden können, wäre er nicht eines schönen Tages – wieder einmal döste er neben mir, die Hände auf dem Bauch, und spielte unentschlossen mit den Bügeln seiner Brille – auf die unglückselige Idee verfallen, mit mir Einparken zu üben. An diesem Morgen hatte er seinen üblichen Pullover mit einem neuen, schwarz-weiß gestreiften vertauscht, dessen Etikett ihm an einem Faden hinten den Nacken herunterhing wie ein Hutbändel. Er lotste mich mit Bewegungen seiner Brille quer über den Parkplatz eines Supermarktes, ließ mich mehrere Nebengebäude umkreisen, bis er mich schließlich auf eine abgelegene Trasse dirigierte, wo vor Lagerhäusern aus Metall Kühllaster entladen wurden. Er stieg aus dem Wagen, zog sich die Hose hoch und begann, mehrere ineinander gestapelte Verkehrshütchen aus dem Kofferraum zu holen, die er nachlässig längs des Trottoirs postierte. Sein Etikett zwirbelte hinter ihm her (die Arme über das Lenkrad verschränkt, fixierte ich es gedankenvoll mit den Augen), schließlich kam er zurück, und sich zu meinem Fenster herunterbeugend, sagte er, mit einer Hand auf der Motorhaube, das ist Sache jetzt, nämlich den Wagen in die gerade von ihm geschaffene Lücke einzuparken. Er bezog in einiger Entfernung Stellung und zündete sich, dabei einen Blick in Richtung der Lagerhallen werfend, eine kleine Zigarre an. Es dauerte nicht lange, bis sich einer der Lastwagenfahrer mit einem ganzen Schinken in der Hand näherte und mich zerstreut beim Manövrieren beobachtete. Durch den Rückspiegel konnte ich verfolgen, wie die beiden einige Worte wechselten; mein Fahrlehrer holte eine gelbe Plastiktüte aus seiner Tasche, faltete sie umständlich auseinander, und plötzlich, alles ging jetzt rasend schnell, drückte er dem Lastwagenfahrer einen Geldschein in die Hand und bekam dafür den Schinken, den er sofort in der Plastiktüte verschwinden ließ. Mit der Hand strich er die verräterischen Falten auf der Tüte glatt und schaute dabei mit scheinheiliger Miene um sich, wie um sich zu vergewissern, daß niemand Zeuge dieser Transaktion geworden war. Ich hatte inzwischen den Wagen geparkt, mein Fahrlehrer, der jetzt wohl der Ansicht war, daß für heute genug Manöver geübt worden waren, sammelte die Hütchen wieder ein, warf sie in den Kofferraum und bettete dann daneben liebevoll den Schinken ans Reserverad. Er nahm wieder neben mir Platz, und als wir den Parkplatz verließen, schaute er demonstrativ auf seine Armbanduhr und gab mir mit einem gewissen Bedauern zu verstehen, daß wir nun den Heimweg antreten müßten. Wenn es nach mir gegangen wäre, wäre ich jeweils am Ende der Stunde gern zu mir gefahren (um mich dort abzusetzen), doch ihm war es lieber, wenn ich den Wagen wieder zur Fahrschule zurückbrachte, wo ein neuer Schüler auf ihn wartete. An diesem Tag erklärte er meinem jungen

Nachfolger, als wir aus dem Auto stiegen, daß er gleich zurückkomme, er öffnete dann den Kofferraum, nahm den Schinken heraus und verschwand in der Tür zur Fahrschule. Ich folgte ihm, um meine nächste Fahrstunde zu vereinbaren, doch die Chefin war beschäftigt (eine ganz schön alte Zicke, die Chefin, mit einer überkandidelt jugendlichen Brille mit Farbgestell auf der Nase), und während ich auf einem der Stühle darauf wartete, daß sie mit ihrer Post fertig wurde, schaute ich meinem Fahrlehrer beim Aufräumen seines hochgelegenen Fachs zu, in dem eine Thermoskanne, ein Gemsenfell und einige Zeitschriften lagen. Auf Zehenspitzen machte er Platz für sein Paket, indes von seinem Rücken in aller Selbstvergessenheit das Etikett pendelte. Ich hatte mir eine Zigarette angezündet, klopfte mir mit der Hand auf den Schenkel und fixierte dabei geistesabwesend das Etikett, sie hätte gleich Zeit für mich, rief mir die Chefin zu, während sie mit türkiser Tinte ihren Brief zu Ende brachte (türkis, meine Güte, türkise Tinte), ließ mich dann, dabei ungestört weiterschreibend, wissen, daß offenbar noch gewisse Unterlagen für mein Dossier fehlten. Dabei hob sie den Kopf, lächelte mir zu und winkte strafend mit dem Zeigefinger. Was für Unterlagen möchtest du, mein Herzblatt? Mit sichtlicher Befriedigung überflog sie nochmals ihren Brief, schob ihn in einen Umschlag und befeuchtete die Ränder mit frischen, fliehenden Zungenschlägen. Lassen Sie mich nachsehen, sagte sie, öffnete eine Schublade und ging die dort aufgereihten Dossiers durch, bis sie meines fand und es auf dem Schreibtisch ausbreitete. Mein Fahrlehrer, der in der Zwischenzeit seinen Schinken in Sicherheit gebracht und sich einen Becher Kaffee eingegossen hatte, kam zu uns herüber; die Thermosflasche in der Hand, stand er an der Tür und schaute hinaus. Fulmar, auf Ihrem Rücken, sagte die Chefin, das Etikett, mein Lieber, da hängt das Etikett herunter. Und die Augen nach oben verdreht, lächelte sie mir zu, ehe sie sich wieder an die Prüfung meiner Unterlagen machte. Es fehlte nichts wirklich Wichtiges außer, nun, dem ärztlichen Attest, ich versprach es ihr für den übernächsten Tag, für den ich bei der Gelegenheit gleich eine Fahrstunde reservierte. Wir plauderten noch über dies und jenes und versuchten, die noch offenstehenden Fragen zu klären (die Paßphotos, zum Beispiel, ließ ich mir sagen, die brauche man auch).

In den Klos der Autobahnraststätte war Stille, hinter der Trennwand meiner Kabine hörte ich noch den tropfenden Wasserhahn und die fernen sirrenden Klänge eines Transistorradios. Die Tür vor mir, grau und verdreckt, war geschlossen. Der kleine Riegel, der sie versperrt hielt, war eingehakt in einer an der Wand befestigten Halterung, an der drei oder vier Schrauben fehlten und die hin und her schwang. Noch hatte mich niemand gestört, ich blieb einfach in aller Ruhe sitzen und konzentrierte mich auf jenes Schachproblem Breyers, bei dem alle Figuren so gedeckt waren, daß tatsächlich im Verlauf der letzten fünfzig Züge der Partie weder ein Bauer bewegt noch irgendeine Figur geschlagen wurde. Dieses Problem (ich persönlich sah dieses Problem eigentlich nicht) beschäftigte meinen Geist für diesen Augenblick in angenehmster Weise, stellte es doch für mich einen äußerst raffinierten Modus vivendi dar. Bei seinen Auftritten in der Öffentlichkeit übte Breyer übrigens dieselbe höfliche Zurückhaltung, indem er jede seiner Figuren in gedeckten Linien hielt und sehr weitsichtige Angriffspläne schmiedete, die in einem ersten Schritt nur darin bestanden, durch kleinste Veränderungen auf dem Schachbrett die potentiellen Handlungsmöglichkeiten seiner Figuren zu verstärken (und dann in einem zweiten Schritt die gegnerischen Figuren abzuschlachten). Obwohl die Theorien Gyula Breyers durch sichtbare Erfolge gewissermaßen bestätigt waren, lösten sie im allgemeinen größte Skepsis aus. Zuweilen sogar Mißtrauen, denn es kam dabei zu recht paradoxen Spielzügen, in denen die zugrunde gelegte Taktik niemals ersichtlich war und die Figuren, einer abwegigen Logik folgend, soviel Energien wie möglich ad infinitum speicherten, dabei ihre eigentliche Aufgabe aber, den Gewinn von Raum und Freiheit, systematisch verfehlten. Und während ich so in meiner Toilettenkabine sitzend in Ruhe dem Lauf meiner Gedanken folgte, hatte ich das undeutliche Empfinden, daß die harte Wirklichkeit um mich herum allmählich begann, Zeichen von Ermüdung zu zeigen; sie begann zu erschlaffen, weich zu werden, ja, und ich zweifelte nicht daran, daß mein wiederholtes Anstürmen, meine stille Ausdauer, Stück für Stück die Wirklichkeit mürbe machen würde, so wie man, wenn Sie wollen, eine Olive zermürbt, indem man mit einer Gabel immer wieder leicht auf sie drückt, und daß, einmal entkräftet, die Wirklichkeit schließlich keinen Widerstand mehr bieten würde und von da an nichts mehr meinen Elan aufhalten könnte, jene furiose Lebenskraft, die ich seit jeher in mir spürte, im Vertrauen auf ein Gelingen. Aber im Moment hatte ich noch genügend Zeit: Im Kampf mit der Wirklichkeit mußt du sie entmutigen. Schließlich verließ ich die Kabine, noch immer in Gedanken versunken (ich wäre wohl besser ein Denker geworden, ja), und nachdem ich die Tür hinter mir geschlossen hatte, wandte ich mich den nebeneinander gereihten Spiegeln über den Waschbecken zu. Ich hielt eine Hand vor den Mund, in einer Pose, die mir vorteilhaft erschien, und musterte zweifelnd die undurchdringliche Miene, die ich mir für meine Selbstbetrachtung verordnet hatte (harter Blick, unversöhnlicher Ausdruck), als hinter mir ein Mann eintrat, der, nachdem er mich eine Weile aus den Augenwinkeln betrachtet hatte, sagte, daß draußen eine junge Frau warte, die schon geraume Zeit nach jemandem suche. Ich nehme an, daß Sie das sind, sagte er. Vielleicht, kann schon sein. Ich überließ ihn seinem Zweifel, ging hinaus und schlenderte, die Hände in den Taschen meines Mantels (es war ein Stanley Blacker, tatsächlich keine schlechte Marke für einen Mantel), zurück zum Selbstbedienungsladen. Ich stand wieder auf dem Parkplatz und schaute mich suchend nach der jungen Frau um. Da war wirklich nicht viel los auf dieser Tankstelle. Eine Frau lief auf ihren Mann zu, der am Steuer eines Volkswagens auf sie wartete. Von der jungen Frau keine Spur, aber dafür stand unser kleiner orange-weißer Wagen mit dem stolzen Schild Fahrschule oben drauf immer noch da, wo wir ihn etwas verboten geparkt hatten. Ich ging schließlich in umgekehrter Richtung am Supermarkt entlang, um einige Gebäude herum und fand mich auf einem zweiten, kleineren Parkplatz wieder, wo ich die junge Frau sah, neben der Gasflasche wartend. Ich entschuldigte mich, daß es etwas länger gedauert habe, wollte schon mit ihr zum Wagen zurückgehen, als ich beim Heben der Gasflasche merkte, daß sie immer noch leer war. Stumm schaute sie mir zu, wie ich sie wieder auf die Erde zurückstellte, und deutete dann auf einen Typ, der in einiger Entfernung neben einem frei stehenden enormen Kasten stand, in dem hinter Metallstreben Reihen von Gasflaschen gelagert waren. Dieser Mann, der uns übrigens mit Blicken belauerte, dieser Mann, erklärte sie mir, habe sich nicht nur geweigert, sie zu bedienen, er habe sie sogar fast beschimpft. Ich schaute fatalistisch zu Boden und drehte gedankenvoll den Fuß auf der Straße. Gut, sagte ich, ich will sehen, was ich tun kann. Ich ging zu dem Mann hinüber (der kann jetzt was erleben, der Kerl). Was höre ich gerade, sagte ich, offenbar haben Sie sich meiner Frau gegenüber unkorrekt benommen. Ah, nein nein, ich versichere Ihnen, versuchte er zu protestieren, er habe ihr nur ganz einfach erklärt, daß er nur Thermogaz habe und daß er deshalb diese Flasche nicht habe zurücknehmen können, denn es sei eine Primagaz-Flasche, und selbst wenn er die Flasche zurückgenommen hätte, sagte er, die Lieferanten von Thermogaz hätten sie ihm garantiert nicht umgetauscht, das wäre ihm schon einmal mit einer Naphtagaz passiert. Sie meinen, eine Primagaz, sagte ich, ohne die Herausforderung wirklich anzunehmen, ich begriff, daß er einen gewissen Grund zur Klage hatte. Nein, nein, sagte er, das war eine Naphtagaz. Sieh an. Aber dann erklären Sie mir doch mal, sagte ich und zog dabei eine Hand aus meiner Tasche, wenn Ihnen der Ärger schon mit einer Naphtagaz passiert ist, müssen Sie doch schon Gasflaschen zurückgenommen haben, die nicht von Thermogaz waren. Der Logik konnte er sich nicht entziehen. Und Sie weigern sich jetzt, den gleichen Gefallen meiner Frau zu tun! sagte ich. War ich gut! Verdrossen schüttelte er den Kopf und war nahe daran, sich durch die byzantinischen Finessen meiner Argumentation geschlagen zu geben, und kurz davor, umzufallen, beteuerte er, daß, wenn es nur an ihm läge, er die Flasche natürlich zurückgenommen hätte, aber mit diesen Thermogaz-Lieferanten bräuchte man es gar nicht erst zu versuchen, es würde, wenn er die Flasche jetzt zurücknähme, schließlich alles an ihm hängen bleiben, eine Perspektive, an die er sich nicht gewöhnen konnte, obwohl sie, wie mir schien, alle Parteien zufriedengestellt hätte. So argumentierten wir noch eine Weile, bis ich schließlich angesichts der Persistenz seiner erdrückenden Kasuistik aufgab und ihn fragte, wo man ein Depot mit Primagaz finden könne. Ich bin mir nicht so sicher, sagte er, aber Sie können es ja mal bei Mammouth versuchen. Glauben Sie, daß die Primagaz haben? fragte ich skeptisch. Ah, schon möglich, sagte er, schon möglich. Was andres fällt mir auch nicht ein, hm, fügte er hinzu und erklärte mir dann, leider das einzige, was er noch für mich tun könne, den Weg dorthin. Ich begab mich zu der jungen Frau zurück, sagte ihr, alle Probleme seien geklärt, mit Sicherheit würden wir das richtige Lager bei Mammouth finden. Bei Mammouth, meine Güte. Ich nahm die Flasche, und wir kehrten zu dem großen Parkplatz zurück. Wir liefen Seite an Seite, die Gasflasche trug ich. Übrigens, ich habe ihm gesagt, sagte ich, daß Sie meine Frau wären. Das war gut, sagte sie. Wo wir gerade dabei sind, wie heißen Sie eigentlich? Pascale, sie hieß Pascale Polougaïevski. Was für ein Tag. Wieder im Wagen, als wir mit geringer Geschwindigkeit den Parkplatz verließen, erklärte ich ihr mit in den Sitz gekrümmtem Nacken, daß ich Schmerzen im unteren Teil meines Rückgrats hätte, ein chronisches Rückenleiden, und sie besaß die Aufmerksamkeit, sich in aller Freundschaftlichkeit und, wie ich zugeben muß, mit großem Sachverstand für mein kleines Gebrechen zu interessieren. Und so war es meinerseits mir eine Freude, sie in die inneren Umstände des Übels einzuweihen. Das ist wegen der Gasflasche, sagte ich, so lange sie leer ist, trage ich sie, aber wenn sie gefüllt ist . . . Sie schaute mich an. Nein, das wäre nicht sehr klug, sagte ich. Verlegen schaute ich aus dem Fenster; wir fuhren an unbebautem Gelände vorbei, in der Ferne zeichneten sich die Umrisse von Siedlungen ab.

Als wir mitten am Nachmittag wieder zur Fahrschule zurückkehrten (wir hatten die Gasflasche immer noch nicht, es war sinnlos, uns darauf anzusprechen), erblickte die junge Frau ihren Vater, der sich mit seiner Einkaufstasche in der Hand und einer russischen Fellmütze mit Ohrenschützern auf dem Kopf vor der Fahrschule die Füße vertrat. Ich wurde Herrn Polougaïevski auf dem Bürgersteig vorgestellt, ein eher fülliger Mann mit baltischen Backenknochen und einem starken russischen Akzent. Nachdem er aufmerksam den Erklärungen seiner Tochter gelauscht hatte, die Einkaufstasche hatte er unterdessen abgestellt, schlug er vor, seine eigenen Geschäfte wollte er dafür aufschieben, uns nach Créteil zu begleiten, um dort gemeinsam mit uns eine Gasflasche zu besorgen (los geht's, Kinder, sagte er, und hieß uns in sein Auto einsteigen, ein Triumph wohl, der aber bessere Tage gesehen hatte). Das Einkaufszentrum war noch weit, und während Herr Polougaïevski auf der Stadtautobahn das letzte aus seinem Triumph herausholte, döste ich auf der Hinterbank vor mich hin und überlegte, daß die Wirklichkeit, mit der ich konfrontiert war, alles andere als Zeichen der Erschöpfung zeigte, sich vielmehr um mich herum Schritt um Schritt verhärtete, und mit einem Male fühlte ich mich wie gelähmt, unfähig, aus dieser mich von allen Seiten umgebenden steinernen Wirklichkeit zu befreien, sah meine alles berstende Lebenskraft wie in einem ewigen Gefängnis aus Stein. Gerne hätte ich jetzt ein Gläschen Muscadet getrunken (Sie verstehen), und während ich bewegungslos auf der Hinterbank des Wagens saß, nach außen gleichmütig und halb schlafend, jubilierte ich in mich hinein, ich ließ den Dingen jetzt ihren Lauf, hatte nicht mehr die geringste Absicht, auch nur einen kleinen Finger in dieser Angelegenheit zu rühren. Im Einkaufszentrum versuchte Herr Polougaïevski in Erfahrung zu bringen, wo sich das Gasflaschendepot befand, und während er schließlich an einem Informationsschalter einer sauertöpfisch dreinblickenden Verkäuferin, die sich seine chevaleresk-ausladenden Gesten stumm ansah, mit seinem flammenden und gebrochenen Akzent klarmachte, was er wollte, stahl ich mich unauffällig davon und spazierte durch den Laden, tat mir schließlich eine kleine Gewalt an und kaufte ein Päckchen Rasierklingen und Rasierschaum. Als ich zum Zahlen an der Kasse stand, sah ich Herrn Polougaïevski wieder, er studierte gerade die am schwarzen Brett neben dem Eingang ausgehängten Anzeigen und notierte sich, ohne zu merken, daß ich ihn beobachtete, eine Telefonnummer in sein Adreßbuch. Rasch packte ich das Rasierzeug in eine Plastiktüte und ging zu ihm hinüber. Mit einem Glanz geheimnisvoller Befriedigung in den Augen prüfte er ein letztes Mal die Nummer, dann sagte er, das Gasflaschendepot befinde sich bei der Tankstelle, am Eingang des Parkplatzes. Dort bekamen wir auch die Gasflasche und verstauten sie im Kofferraum, suchten dann, um die Rückkehr seiner Tochter abzuwarten, die im Laden noch einige Einkäufe zu erledigen hatte, im Auto Schutz vor dem Regen. Ich hatte auf dem Beifahrersitz Platz genommen, neben mir Herr Polougaïevski, die Arme auf das Lenkrad gestützt, und durch die geöffnete Tür sah man auf eine Wasserlache, in die es Tropfen um Tropfen hineinregnete. Im Autoradio lief ein schwermütiges Chanson, schweigend saßen wir nebeneinander, von Zeit zu Zeit mit den Köpfen nickend, so, als ob in diesem Augenblick zwischen uns ein tiefes inneres Einverständnis herrschte. Schließlich, als seine Tochter immer noch nicht kam und die Klagelaute des Chansons uns schier zu zerreißen drohten, wandte er sich an mich. Was macht sie denn bloß, sagte er, stieg aus dem Wagen und spähte, Hände in die Taschen vergraben, nach seiner Tochter aus. Unschuldig wie eine Blume traf Pascale etwa zehn Minuten später bei uns ein, mit einem riesigen Pappkarton auf den Armen. Ich überließ ihr meinen Platz, kletterte nach hinten und verstaute die Sachen auf dem Sitz neben mir, indes ihr Vater den Anlasser betätigte, beziehungsweise versuchte, den Anlasser zu betätigen (er springt nicht an, sagte er). Wir stiegen schließlich wieder aus dem Triumph aus, seine Tochter und ich – was für eine Familie –, und versuchten, mitten im Regen den Wagen anzuschieben, unter Befolgung der recht widersprüchlichen Angaben des Vaters, der, um uns den schwarzen Peter zuzuschieben, seinen Kopf aus dem Fenster gestreckt hielt. Da alle Mühe umsonst war, versuchten wir es anders, Pascale nahm am Steuer Platz, ihr Vater und ich bugsierten den Wagen auf eine leicht abschüssige Bahn, schoben dann mit aller Kraft beidseitig an den Türholmen, und bald wurde der Wagen von vielversprechenden ruckartigen Sprüngen geschüttelt, woraufhin wir, unsere Anstrengungen noch verdoppelnd, Pascale zuschrien, das Gas voll durchzutreten, bis auch wir schließlich aufgaben und, Schuhe und Strümpfe vom Regen durchweicht, stehenblieben. Wir gingen zu Pascale hinüber. Und? sagte ihr Vater, sich zum Fenster hinabbeugend (verreckt, sagte sie).

Weitaus entspannter und unsere Kräfte einteilend, schoben wir daraufhin den Wagen auf die Tankstelle. Ich drückte beidarmig hinten am Kofferraum, während Herr Polougaïevski leicht gekrümmt und außer Atem neben mir her lief, sich mit meiner Zeitung vor dem Regen schützte und mir dabei erklärte, es könne nur an dieser verdammten Feuchtigkeit liegen (ja, ja, sagte ich und schielte nach meiner Zeitung auf seinem Kopf, die sich mit Regenwasser vollzusaugen begann). In Blickweite der Tankstelle sichteten wir den Mann, der uns gerade die Gasflasche verkauft hatte, ein etwas zwielichtiger Typ, hager, mit fettigem Haar, der an seinen Fingern schnuppernd uns mit offenem Mißtrauen entgegensah. Wir ließen den Wagen vor den Zapfsäulen stehen, erklärten ihm, was geschehen war, und fragten ihn, ob er nicht einen Blick auf den Motor werfen könne. Nein, er konnte nicht, das war nicht sein Ressort, aber der Mechaniker würde gleich zurückkommen, sagte er und lud uns ein, solange in seinem Häuschen zu warten. Drinnen hatte er an seinem Schreibtisch Platz genommen, neben ihm sein Rennrad, eine alte Geländemaschine mit abgewetzten Satteltaschen, ihm gegenüber saßen Herr Polougaïevski und ich auf Klappstühlen, hinter uns stand Pascale vor dem Fenster und starrte nachdenklich hinaus. An den Wänden einige Poster und der Kalender einer Schnapsfirma. Keiner von uns sprach, der Mann tat, als ob wir nicht da wären. Er hatte ein Mikadospiel aus der Schublade gezogen, sorgfältig die Stäbchen zwischen den Händen zusammengerollt und sie langsam auf den Schreibtisch fallenlassen, dann begann er eins nach dem anderen abzuernten. Einige Male wandten wir uns an ihn und äußerten Vermutungen über eventuelle Ursachen der Panne. Er nickte geistesabwesend, war völlig absorbiert von dem verflochtenen Haufen vor sich, sagte, ja, natürlich könne es an der Zündung liegen. Oder an den Kerzen, auch das wäre möglich. Und nach einem Moment des Zögerns, in dem er intensiv über das Problem nachzudenken schien, packte er unvermittelt und mit genauem Griff eines der Stäbchen (hab ich dich erwischt, du Luder, sagte er, es behutsam beiseite legend). Herr Polougaïevski beobachtete ihn mit hochgezogenen Augenbrauen, ich meinerseits hatte die Plastiktüte mit dem Rasierzeug aus der Tasche geholt und fragte mich beim Anblick des Waschbeckens, ob der Mann wohl etwas dagegen hätte, wenn ich mich in der Zwischenzeit hier rasierte, ich war an diesem Morgen nämlich nicht dazu gekommen. Nein, der Mann war, als ich ihn um Erlaubnis bat, sichtlich nicht begeistert von der Idee. Trotzdem unterbrach er kurz sein Mikadospiel, drehte sich herum, rückte das Fahrrad beiseite und ließ mich, wieder völlig vertieft ins Studium seines Stäbchenhaufens, durch eine kleine seitliche Verlagerung seines Körpers an sich vorbei zum Waschbecken. Ich dankte im Vorbeigehen, legte Rasierer und Rasierschaum auf den Waschbeckenrand, knöpfte dann mein Hemd auf und strich, nachdenklich um mich herumblickend, über meine Brust. Ich hängte einen kleinen Handspiegel, den ich mir von Pascale hatte geben lassen, an einen Nagel, und da es zum Rasieren eigentlich zu eng war neben dem Mikadospieler, mußte ich notgedrungen in gekrümmter Haltung und auf Zehenspitzen stehen, damit ich den Rasierer unter dem Wasserhahn abspülen konnte, dabei warf ich zufällige Blicke auf die auf dem Schreibtisch aufgetürmten bunten Stäbchen. Durch die obere Ecke meines Spiegels sah ich Pascale, sie schaute aus dem Fenster, ihr Vater war unterdessen mit seinem Klappstuhl näher an den Schreibtisch gerückt, um dem Mikadospieler einige unverbindliche Ratschläge zu geben, er insistierte zuweilen mit heftigen Fingerzeichen darauf, doch besser dieses als jenes Stäbchen in Angriff zu nehmen. Der Mann dagegen, ich sah ihn am unteren Rand des Spiegels, während ich mit der Rasierklinge an meiner Wange auf und ab fuhr, machte eher den Eindruck, sich überhaupt nicht entscheiden und keines der Stäbchen nehmen zu wollen. Mit Rasieren fertig, packte ich das Rasierzeug zusammen, zog mein Hemd wieder an und (in diesem Raum herrschte eine dieser etwas unangenehmen Stimmungen) verließ das Häuschen, um draußen auf dem Parkplatz Luft zu schnappen. Dort entfernte ich in aller Ruhe den Rest des Rasierschaums an meinen Ohrläppchen. Wenig später gesellte sich Herr Polougaïevski zu mir, und neben dem Wagen stehend hielten wir Ausschau nach dem Mechaniker. Herr Polougaïevski war sichtlich verärgert und erklärte mir, daß wir ohne jeden Zweifel den Triumph zur Reparatur hier zurücklassen müßten, es wäre besser, gleich ein Taxi zu nehmen, statt länger zu warten. Kann man hier telefonieren? fragte er den Mann bei der Rückkehr in das Häuschen. Mit feierlicher Geste führte der Mann den Zeigefinger senkrecht an seinen Mund, als Zeichen, bitte still zu sein, und den prüfenden Blick auf die Architektur seines Stäbchenhaufens gerichtet, näherte er sich mit allergrößter Vorsicht einem der Stäbchen und hob es durch geringfügigen Druck seines Fingers auf das äußerste Ende wie einen Hebel hoch. Dann legte er das Stäbchen neben sich und schob das Telefon quer über den Schreibtisch zu Herrn Polougaïevski herüber.

Nachdem Herr Polougaïevski es schließlich aufgegeben hatte, ein Taxi zu bekommen (wir bedauern, zur Zeit kein Wagen frei), und nachdem er mit dem Mann verschiedene Formalitäten geregelt hatte, damit er den Triumph zurücklassen konnte, ihm die Wagenschlüssel übergeben und die vier Telefongespräche bezahlt hatte für den vergeblichen Versuch, ein Taxi zu bestellen, fragte er ihn, ob er nicht die Gasflasche zurücknehmen könne. Sie seien schon reichlich beladen. Der Mann schaute ihn nachdenklich an und klopfte dabei mit einem Mikadostäbchen auf seine Handfläche, er sähe es lieber, wenn wir die Gasflasche im Kofferraum des Wagens liegen ließen, und führte uns gelassen nach draußen und deutete nochmals mit dem zugespitzten Ende seines Mikadostäbchens in Richtung der Metrostation. Eine Weile blieb er noch in der Tür seines Häuschens stehen und sah uns zu, wie wir uns im Regen entfernten. Herr Polougaïevski trug den Einkaufskarton, ich die Plastiktüte mit dem Rasierzeug, Pascale das Autoradio, das ihr Vater doch lieber hatte ausbauen wollen. Wir betraten durch die doppelte Glastür wieder das Einkaufszentrum, wurden eingehüllt in die trockene Hitzewelle eines Gebläses und schritten durch die Hauptallee der Ladengalerie, mitten durch die Menschenmenge, die sich in den Gängen drängte, vorbei an den offenen Ladentüren, neben denen Gestelle mit preisreduzierten Waren standen. Bei unserem Rundgang durch die Galerie kamen wir an allen möglichen Geschäften vorbei, eine Blumenhandlung offerierte irgendwelche verdorrten Sträucher, und durch die Schaufenster eines Frisiersalons waren Damen zu sehen, die sich beobachtet wußten und versuchten, ein möglichst intelligentes Gesicht unter ihrer Trockenhaube zu machen, Guten Tag, meine Damen. Beim Verlassen des Einkaufszentrums waren wir uns für einen Moment lang unschlüssig, welche Richtung wir einschlagen sollten, bogen dann in eine kleine, bepflasterte Straße der Neuen Stadt ein, begrenzt von einer Reihe geschmiedeter Straßenlaternen, die, in regelmäßigen Abständen hingesetzt, wie lächerliche, aufgesetzte Accessoires wirkten. Überhaupt strahlte die Architektur des gesamten Viertels eine Kälte und Unpersönlichkeit aus, daß man das Gefühl nicht los wurde, in einem aus den Maßstäben geratenen Modell zwischen zwei künstlichen Häuserreihen spazierenzugehen. Aufbauten aus Glas und Metall erhoben sich am Horizont, und immer wieder streckte sich neben uns ein alleinstehendes Hochhaus fast unendlich in den Himmel hinein, mit unbeleuchteten Fenstern und blaugetönten Scheiben. Weiter des Wegs, wir hatten uns ganz offensichtlich verirrt, waren wir auf eine kleine und nicht enden wollende, abschüssige Straße geraten, die sich unvermittelt auf einen großen künstlich angelegten See öffnete, an dessen anderem Ufer sich grau in grau die Silhouette eines Industriegebietes abzeichnete, mit riesigen Kränen und Fabrikschornsteinen, die lange Säulen schwarzen Rauchs in den Himmel stießen. Das Seeufer hatte man als Erholungs- oder Freizeitgelände hergerichtet, die Namen der Wege und Promenaden jedenfalls sollten einen an den Süden Frankreichs erinnern, inmitten dieses kargen und weitgehend zubetonierten Geländes stand verlassen ein Restaurant, auf dessen Terrasse die zusammengefalteten Sonnenschirme vom Regen trieften. Der See schwappte träge und schlaff gegen das Ufer, verlor sich in einer Art grauem Strand, der in ein verödetes Gelände auslief, wo auf Holzpfählen ein baufälliges Bootshaus stand, davor abgewrackte Surfbretter und im regenweichen Gras ein gebrochener Gabelbaum. Etwas weiter entfernt am Strand stapelten sich besser erhaltene Surfbretter, und draußen auf dem See, mitten in den Nebelschwaden, die jetzt ein feiner, regelmäßiger Sprühregen verjagte, schienen im völlig fehlenden Wind einige Windsurfer in ihren Taucheranzügen auf dem unbewegten Wasser festzusitzen, steif und bewegungslos standen sie auf ihren stillstehenden Brettern, versuchten durch ruckweises Schlagen der Segel etwas Fahrt zu bekommen, krochen über die neblige Wasseroberfläche voran und verschwanden in dem Schatten, den die gigantische, den ganzen See überspannende Eisenbahnbrücke warf. Wir waren die Böschung hinuntergeklettert und liefen durch den Regen am See entlang, unsere Füße versanken im lockeren, schlammigen Sand des Strandes. Ein Hubschrauber flog in geringer Höhe über uns hinweg, und nach oben schauend dachte ich, daß es spaßig aussehen müßte, wie wir hier im Gänsemarsch einer hinter dem anderen am Ufer entlangliefen, vorneweg Herr Polougaïevski mit dem Einkaufskarton, dann ich, träge und versonnen mit hochgeschlagenem Mantelkragen, etwas weiter zurück Pascale, die einen abgestorbenen Ast aufgelesen hatte und ihn nun nachlässig hinter sich herschleifte. Im Grunde war Herr Polougaïevski bloß auf der Suche nach jemandem, den er nach dem richtigen Weg fragen konnte, und nahe am Ufer machte er halt, dort, wo ein älterer, recht dürrer Mann bis zu den Hüften im Wasser stand und dabei war, sein Surfbrett zu besteigen, bekleidet mit einem schwarzen enganliegenden Neoprenanzug mit kurzen Ärmeln und mit einer haarsträubenden Rettungsweste, die durch ein Gewirr von Schnüren um seinen ausgesprochen schlappen Körper geschlungen war. Nachdem Herr Polougaïevski den Mann einen Augenblick beobachtet hatte, näherte er sich ihm, den Einkaufskarton in den Händen, und rief ihm aus der Entfernung zu, ob er wisse, wo hier die nächste Metrostation sei. Offenbar hatte der Mann die Frage nicht richtig verstanden und kam seinerseits, beide Hände nach Art berühmter Surfer aufs Brett gestützt, uns entgegen, ließ sich die Frage nochmals wiederholen und zeigte dann mit einem gelenkigen Arm in die Richtung, aus der wir gerade kamen, wir sollten das Sträßchen wieder hinaufgehen, dann beim Einkaufszentrum links abbiegen. Das sind keine fünf Minuten, fügte er hinzu und stieg – erst mit dem einen, dann mit dem anderen Knie – auf sein Surfbrett, richtete sich vorsichtig auf, zog langsam das schwere Segel aus dem Wasser (und flog, als wir weggingen, ins Wasser, ein miserabler Surfer, auch das noch).

In der Schalterhalle der Metrostation machten wir einen Augenblick Pause, es war dort still und düster, nur einige junge Pfadfinder kamen und gingen. Herr Polougaïevski hatte den Einkaufskarton vor der Wand abgestellt, an dem der Metroplan hing, und nachdem er diesen ausgiebig studiert hatte, schlug er sich mit schmerzvoller Geste die Hände vor die Augen und faßte erschöpft zusammen, daß er in Reuilly-Diderot und wir in Daumesnil umsteigen müßten, wenn wir nicht einen Umweg bis La Motte-Piquet machen wollten. Was mich anging, war mir eins so lieb wie das andere, Pascale offenbar auch, sie hatte sich eine Tüte Chips aus dem Karton gefischt und war dabei, einige zu essen, das Autoradio zwischen die Knie geklemmt und verträumt den jungen Pfadfindern in der Schalterhalle zuschauend. Auf, auf Kinder, rief ihr Vater, packte den Karton und ging vor uns her die Treppe hinunter. Während wir auf die Metro warteten, vertraten wir uns ein wenig auf dem Bahnsteig die Füße, setzten uns schließlich auf eine Bank. Der Zug fuhr ein, und wir fanden Platz in einem leeren Abteil, das auch noch mehrere Stationen leer blieb, erst in Höhe der École Vétérinaire stiegen Leute zu. Herr Polougaïevski und seine Tochter hatten nebeneinander auf den Klappsitzen Platz genommen. Ich stand ihnen gegenüber, in meine Zeitung vertieft, die Schulter gegen die Haltestange gelehnt. Von Zeit zu Zeit hob ich den Kopf, um zu prüfen, bei welcher Station wir gerade hielten. Herr Polougaïevski half uns in der Station Daumesnil beim Hinaustragen des Kartons; durch die geöffnete Zugtür schüttelten wir uns die Hände, und ich verabschiedete mich von ihm warmherzig, so wie es sich gehörte. Mit klackendem Geräusch schlossen sich die Türen, wir blieben noch eine Weile auf dem

Bahnsteig stehen und sahen zu, wie der Zug mit Herrn Polougaïevski davonfuhr, kerzengerade verharrte er am Fenster, grüßte uns noch mit einer erhabenen Geste seines Unterarms, machte dann noch Winke-Winke (er ist nett, nicht wahr, sagte Pascale).

Am Abend des folgenden Tages speisten Pascale und ich zu zweit in einem indischen Restaurant. Auf die Adresse war ich zufällig in einem Informationsblatt für Touristen gestoßen, das ich aus einem Ständer in der Halle des Hotels genommen hatte, in dem wir abgestiegen waren, und in unserem Zimmer – recht groß mit Blick auf den Park – setzte ich mich, den Prospekt auf den Knien und einen Kugelschreiber in der Hand, an den Nachttisch und reservierte telefonisch einen Tisch (könnten Sie den Fernseher bitte etwas leiser stellen). Danke. Vor 22.00 Uhr war kein Tisch frei, vielleicht etwas spät, ich reservierte trotzdem, dachte, daß wir uns bis dahin immer noch anders würden entscheiden können. Wir waren am

Nachmittag in London eingetroffen und hatten uns, erschöpft von der Überfahrt, gleich ein Zimmer genommen und hingelegt. Vom Bett aus sahen wir durch das von niedlichen weißen Vorhängen eingerahmte Fenster auf ein paar Baumwipfel und ein Stückchen Himmel. Wir fühlten uns nicht schlecht, nein; der Fernseher lief und gedankenlos schauten wir uns die Nachmittagsprogramme an, eine Billardübertragung zum Beispiel, mit feierlich geflüsterten und überflüssig-gravitätischen Kommentaren. Einer der Spieler hatte rote Haare und trug ein hellblaues Hemd mit hochgekrempelten Ärmeln, der andere, älter und eleganter, litt sichtlich und brauchte, so wie es aussah, auch mehr Zeit, um sich für seine drei Banden zu entscheiden. Immer wieder war der Reporter eingeblendet, er saß in der zweiten Reihe mit einem Kopfhörer auf dem Haupt und einigen Blättern Papier in der Hand, und sobald er sich im Bild wußte, hob er geistesgegenwärtig den Kopf, die rechte Hand am Kopfhörer, damit er nicht runterrutschte. Gähnend schaute Pascale, an meine Schulter gelehnt, auf den Bildschirm, gelegentlich lächelten wir uns zu. Schließlich zogen wir uns an, und da ich vor ihr fertig war, warf ich einen Blick auf die Karte des Etagenservice mit der Liste der Getränke und der Frühstücksauswahl, continental oder british breakfast (mit Würstchen, sag bloß, ich liebe Würstchen). Ich faltete die Karte wieder zusammen, vergewisserte mich, daß ich Geld und die Adresse des Restaurants dabei hatte, dann brachen wir auf. Unser Zimmer ging auf einen dick mit rotem Teppich ausgelegten Flur, in seiner Mitte stand dekorativ eine Art Schrein, von grünen Topfpflanzen umrahmt und Operettensäulen mit Zuckerbäckersims, etwas sehr affektiert und gestelzt. Wir machten einen Bogen um das Ding (ich drehte mich um, träumerisch die Hand im Nacken, um das Gebilde zu betrachten), gingen durch die Glastür und warteten auf den Aufzug. Beim Herunterfahren im Fahrstuhl ordnete ich ein wenig ihre Haare. Sie schaute mich an. Ich berührte ihre Schulter, streichelte zärtlich ihre Wange (ich habe etwas Kopfweh, sagte ich).

Als wir das Hotel verließen, erregte eine Menschenansammlung nicht weit von uns unsere Aufmerksamkeit. Die Straße war gesperrt, und hinter den Absperrungen liefen Polizisten mit Hunden an der Leine und Sprechfunkgeräten in der Hand. Feuerwehrwagen parkten in der Mitte der Straße, daneben Polizeifahrzeuge, deren Blaulichter langsam durch die Nacht rotierten. Ein Fernsehteam war ebenfalls zur Stelle und hatte hinter dem Parkgitter Stellung bezogen, darum herum eine Menge Neugierige, alle warteten auf die unmittelbar bevorstehende Landung einer Mongolfière auf dem Rasen von Kensington Garden. Das ist es also, sagte sie (ja, sagte ich, vermutlich). Tatsächlich hatte ich keine Ahnung. Es war nur eine von vielen Vermutungen. Ein Heißluftballon mit dem gelben Firmenzeichen von Shell, zum Beispiel. Oder von Total, deren Markenzeichen kenne ich nicht. Ich und das Benzin ... Kann man hinsichtlich der Essenz auf Markenzeichen vertrauen? Bei der Frage mußte ich passen. Wir gesellten uns zu einer Gruppe, um mehr in Erfahrung zu bringen, vergebene Liebesmüh, kehrten schließlich um und machten uns auf den Weg zum Restaurant. Meine kleine Pascale Polougaïevski fror ein wenig, ich nahm sie, als wir vor einer Kreuzung warten mußten, in die Arme und massierte ihr den Rücken, sie hüpfte auf der Stelle, damit ihr wärmer wurde, hatte dabei gähnend den Kopf gegen meine Brust gelehnt. Auch ich mußte gähnen, Sie kennen das sicher, Gähnen ist ansteckend, und beide hüpften wir jetzt fröstelnd und gähnend und fest umschlungen auf dem Trottoir. Ich hatte meinen Mantel um sie gelegt und drückte sie mit aller Kraft an mich, und wir hüpften höher und höher, bis wir uns unwiderstehlich vom Boden lösten, erstarrt in stiller inniger Umarmung. Die Ampel wechselte auf Grün, und sie rannte über die Straße, ich rannte ihr nach und versuchte sie einzufangen, was zeigt, in welcher Geistesverfassung ich war. Völlig außer Atem erreichten wir das Restaurant, besichtigten die Lokalität und studierten die Speisekarte, bevor wir dann gemütlich weitergingen, es war noch zu früh, der Tisch war erst für 22.00 Uhr reserviert. Wir mußten noch gut eine Stunde totschlagen, und da wir nicht wußten, was wir in der Zwischenzeit tun sollten, streiften wir einfach durch das Viertel, betraten das nächste Pub, wo ich Mühe hatte, mir durch die Menschenmenge einen Weg bis zur Theke zu bahnen, um zwei Bier zu bestellen (yes, two, my Lord, bildete gleichzeitig mit einer Hand ein V, um Mißverständnisse auszuräumen), dann nahm ich vorsichtig die Gläser und ging zwischen zwei jungen Bartträgern hindurch in eine ruhigere Ecke des Raums, wo wir neben einem Geldautomaten auf einer Bank Platz fanden. Bevor wir gingen, riskierte ich ein paar Münzen, drückte, ein Streichholz im Mundwinkel, versonnen den Hebel des Automaten herunter und überließ den Rest dem Zufall. Innen rotierte der Zylinder, blieb mit trockenem Ruck stehen, auf der Anzeige war eine Serie ungleicher Fruchtsymbole, und wie ein Wink des Schicksals tauchten ständig zwei lila Zwetschgen auf, mehrdeutig und hodenförmig. Pascale stand neben mir, schaute mir zu, eine Hand auf meiner Schulter, müde und teilnahmslos. Sie wollte es auch einmal versuchen, und gähnend stellte sie sich vor den Automaten, riß in Lastwagenfahrermanier den Hebel herunter, alle Achtung, und prompt drehten sich Leute im Lokal nach uns um. Sie fand bald Spaß an dem Spiel, begriff auch, daß es wenig Sinn hatte, sich dabei wie eine Besessene aufzuführen, bediente den Automaten gefühlvoller und gewann sogar ein paar Spieljetons. Gegen halb zehn machten wir uns auf den Weg zum Restaurant. Der Himmel, den ich bei dieser Gelegenheit anschaute, war mondlos und bedeckt, der Wind trieb die dunklen, sich wild türmenden Wolken in geheimnisvoller Stille anderen Räumen entgegen. Das Restaurant war mit einem beleuchteten Schild gekennzeichnet, das Innere war von der Straße aus durch eine kleine vergitterte Gartentür zu erreichen. Am Eingang erwartete uns in gedämpftem Licht der indische Maître d'hôtel, den ich schon von Ferne in der Befürchtung grüßte, zu früh dran zu sein. Aber keineswegs, keineswegs, und sein freundliches, in rote Lichtreflexe getauchtes Begrüßungsgesicht neigte sich, und er gab mir mit Bedauern zu verstehen, daß das Restaurant besetzt sei. Full, sagte er. Full, sagte ich. Well, sagte ich und machte kehrt, um Pascale die Neuigkeit zu eröffnen. Aber wir haben doch reserviert, sagte sie. Das ist es ja, was mich ärgert, sagte ich. Du darfst nicht locker lassen, sagte sie und ging an mir vorbei zum Maître d'hôtel, um alles weitere zu klären. Er begrüßte sie mit ausgesuchter Freundlichkeit, verschwand dann einen Moment im Innern des Restaurants, kam sofort zurück und bat uns, ihm zu folgen. Es handelte sich offensichtlich um ein größeres Restaurant, denn wir wurden zuerst durch eine kleine Vorhalle geschleust, bis wir an eine große, im Kolonialstil eingerichtete, hellerleuchtete Bar kamen, mit weißem Holzfußboden, an der Wand ein altes Grammophon, Rattansofas, eingerahmt von Grünpflanzen, an der Decke ein gewaltiger Ventilator, der sich mit unergründlicher Langsamkeit drehte. Hier wurden wir einem anderen Maître d'hôtel anvertraut, der uns mit meiner Meinung nach völlig überflüssigen Flatterbewegungen und Verbeugungen einlud, Platz zu nehmen. Would you care to try the house drink, sagte er. Wie bitte? sagte ich, mich hinsetzend. Er drang nicht weiter auf uns ein, konfiszierte dafür aber den kleinen Teller mit Erdnüssen, der vor uns stand. So verstrich eine Viertelstunde, in der er immer wieder an uns vorbeilief und so tat, als würde er uns nicht sehen. Nach und nach kamen neue Gäste, die er beflissen, bald vor ihnen, bald hinter ihnen auftauchend, an uns vorbei in den Speisesaal geleitete, und zurück in der Bar, nachdem er ihnen die Plätze zugewiesen hatte, wandte er sich uns zu, eine Hand vor dem Mund, als wäre ihm gerade etwas eingefallen, und gab uns durch eine kleine verschwiegene und komplizenhafte Kopfbewegung zu verstehen, daß es jetzt mit unserem Tisch nicht mehr lange dauern würde. Ich für meinen Teil hatte es damit keinesfalls eilig. Nein. Vielleicht gerade jetzt nicht. Ich betrachtete Pascale, wie sie so vor mir saß, den Kopf leicht geneigt, eine Locke in der Stirn, zurückgelehnt und mich mit ihren matt-sanften Augen anschauend, ihre Wange berührte fast die Schulter, ihr beiger Mantel war halbgeöffnet, und der Gürtel fiel auf den Boden, vielleicht gerade jetzt, wo ich sie so vor mir sah, mit ausgestreckten Beinen, mit ihren kleinen Füßen in diesen großen Schuhen, ein Streifen ihrer weißen Strümpfe schimmerte in Höhe der Knöchel, vielleicht genoß ich diese Langsamkeit des Augenblicks und die Aussicht auf den gleichsam beruhigenden Ausgang dieses Wartens um so mehr, als ich daran dachte, daß jetzt wohl nicht mehr daran zu zweifeln war, daß wir, sie und ich, zum ersten Mal gemeinsam zu Abend aßen.

Am frühen Montagmorgen waren wir wieder in Paris und holten Klein-Pierre bei Pascales Vater ab. (Sie wollen wirklich, daß ich mitkomme, sagte ich auf dem Treppenabsatz.) Herr Polougaïevski empfing uns im Bademantel und mit zerzaustem Haar und schaute, nach Klein-Pierre rufend, der sich gerade für die Schule fertigmachte, im Halbdunkel des Flurs auf seine Armbanduhr. Sind Sie mit dem Wagen da? sagte er zu mir. Bitte? sagte ich. Klein-Pierre muß um acht in der Schule sein, sagte er. Und da ich ohne Wagen war, bot er an, uns zu fahren, und sobald er angezogen war, verließen wir unverzüglich die Wohnung. Wir stiegen in seinen nagelneuen Leihwagen (er hatte ihn gemietet, bis er seinen Triumph wieder zurückbekam), und schweigend und schläfrig saß ich mit überkreuzten Armen da und sah zu, wie er mittels komplizierter Manöver versuchte, aus der Parklücke zu kommen. Mit überhöhter Geschwindigkeit durchquerten wir Paris, Herr Polougaïevski fuhr wie immer in seiner ebenso erstaunlich irrationalen wie fantasiereichen Art, klärte gleichzeitig mit seiner Tochter verschiedene Fragen praktischer Natur, wie zum Beispiel die Organisation des nächsten Urlaubs und der kommenden Wochenenden, wobei er uns, die Hauptbetroffenen, sorgfältig außer acht ließ. Neben mir saß Klein-Pierre, den Schulranzen auf dem Rücken, und schaute aus dem Fenster, und jedesmal, wenn in unserem Blickfeld ein Baum auftauchte, zeigte ich darauf und nannte den Namen, um etwas für seine Bildung zu tun. Es dauerte nicht lange, da hatte mich das Spiel gepackt, und ich erzählte ihm von den exotischsten Bäumen, der Tamariske zum Beispiel, der Zeder und der Palme, beschrieb ihm zu seinem Erstaunen sogar eine ganze Reihe tropischer Bäume, den Affenbrotbaum natürlich, und vermittelte ihm dabei mit ausgebreiteten Armen eine Ahnung von den Ausmaßen des riesigen Stamms. Komm, versuch es, sagte ich. Aber nein, noch größer, sagte ich, noch viel größer. Er streckte mit allen Kräften seine Arme auseinander. Du bist wirklich noch ein kleiner Mann, sagte ich und strich ihm mit der Hand über die Haare. Herr Polougaïevski warf hin und wieder besorgte Blicke durch den Rückspiegel, und Klein-Pierre und ich lächelten uns auf der Hinterbank zu. Wir waren spät, kaum bei der Schule angekommen, rissen wir die Türen auf und begaben uns in Windeseile zum Schulhof, den wir trabend durchquerten, bevor wir alle vier ins Schulgebäude einfielen. Dort erklärte Herr Polougaïevski dem im Empfang hinter Glas sitzenden Hausmeister die näheren Umstände des Zuspätkommens von Klein-Pierre, pochte dabei ungeduldig gegen die Glasscheibe. Verständnislos musterte ihn der Hausmeister, raffte sich schließlich auf, öffnete die Tür und sagte ihm, er müsse sich an die Schuldirektorin wenden, dritte Tür am Ende des Ganges. Dort angekommen, konnten wir die richtige Tür nicht finden, und Herr Polougaïevski verschwand im Eßsaal, um nach dem Weg zu fragen, kam aber mit ziemlich ärgerlicher Miene zurück und weigerte sich weiterzusuchen, forderte vielmehr Klein-Pierre auf, uns zu seiner Klasse zu bringen, und wir machten uns wieder auf den Weg. Klein-Pierre, den Schulranzen auf dem Rücken, ging vor uns auf dem Flur, führte uns durch die langen hellbeleuchteten Gänge des Schulgebäudes, drehte sich in Abständen nach uns um, wie um zu sehen, ob wir ihm noch folgten. Vor seiner Klassentür blieb er stehen und wartete auf uns – hier, hier ist es, Opa, sagte er –, wir Erwachsenen hielten vor der Klassentür ein ziemlich pittoreskes Konzil ab, klopften dann leise an und traten auf Zehenspitzen ein. In dem modernen Klassenzimmer, in gelb und weiß und mit Kinderzeichnungen an den Wänden, saßen an Minipulten etwa zwanzig kleine Jungen und Mädchen, die uns anstarrten. Die Lehrerin erhob sich von ihrem Tisch und kam auf uns zu, und Opa begann damit, auf seine höchst galante Weise und nur knapp davor, ihr einen Handkuß zu geben, sich mit einschmeichelnd-diplomatischen Worten für die Störung des Unterrichts zu entschuldigen. Das mache gar nichts, antwortete sie kokett und zog uns drei auf den Flur, die Tür blieb halb geöffnet, damit sie ihre Klasse überwachen konnte. Herr Polougaïevski ging sofort aufs Ganze, verband betörende Tücke mit strengster Vernunft, um ihr das Zuspätkommen von Klein-Pierre zu erläutern. Und fast hätte er sie unter Zuhilfenahme irgendeines lateinischen Zitats noch herumgekriegt, als sie um Verständnis bat, dieses Gespräch abzubrechen, sie müsse zu ihren Schülern zurückkehren, und wir drei schauten durch das kleine Guckfenster der Klassentür auf Klein-Pierre, der in der vierten Reihe neben einem kleinen blondgelockten Mädchen in himmelblauer Schürze saß. Plaudernd durchquerten wir gemächlich wieder den Schulhof, Herr Polougaïevski schien wieder in bester Laune und schlug uns vor, gemeinsam nach Créteil zu fahren, um dort Wagen und Gasflasche abzuholen. Wir fuhren also raus nach Créteil, in einem Höllentempo, und überholten hier und da mittels verwegener Handgriffe am Lenkrad andere Autos auf der Stadtautobahn. Herr Polougaïevski saß gekrümmt hinter dem Lenkrad, als würde er dadurch schneller werden, und ich im Fond des Wagens beobachtete mit einiger Unruhe die vorüberflitzenden Hinweisschilder auf Nancy und Straßburg. Zum Glück bogen wir nach Créteil ab, bevor wir unabwendbar auf der Strecke Elsaß/Lothringen festsaßen, fuhren über die grauverregneten Straßen des Neubauviertels und nahmen Kurs auf das Einkaufszentrum (was für ein Tag sollte das schon wieder werden, gütiger Gott).

Pascale und ich hatten tatsächlich nur eine Nacht in London verbracht, der einzige kleine Vorwurf, den ich England machen kann. Nach dem Abendessen – unserem ersten gemeinsamen Abendessen – waren wir in das Hotel zurückgekehrt, Pascale ließ sich sofort aufs Bett fallen. Ich setzte mich an ihre Seite und sprach gedämpft auf sie ein, ein Finger spielte dabei langsam auf ihrer Stirn. Manchmal bewegte sie den Kopf, hielt dabei die Augen geschlossen, bewegte kaum mehr wahrnehmbar ihre Lippen, und als sie überhaupt nicht mehr antwortete, wurde mir klar, daß sie eingeschlafen war. Ihre ganz besondere, naturgegebene Mattigkeit, die sie von Grund auf durchdrang, war mir bereits aufgefallen, es rührte mich jedesmal, wie sie bei all ihrer sonst an den Tag gelegten Lebhaftigkeit dem Leben permanent eine derart sensationelle Schläfrigkeit entgegensetzte. Ich erhob mich, ging zum Fenster und blieb dort eine Weile stehen. Der Park lag im Dunkeln und verlor sich in der Nacht, von oben konnte ich nur die Gitter sehen; manchmal fuhr geräuschlos ein Taxi vorbei. Ich schloß die Vorhänge, und wieder am Bett, zog ich ihr den Mantel aus, stützte vorsichtig, um sie nicht zu wecken, ihren Nacken mit meiner Hand. Dann streifte ich ihr Kleid herunter, durch ein leichtes Anheben ihres Körpers half sie mir dabei, dann wollte ich ihren Büstenhalter lösen, was mir nicht gelang, und ich überlegte, ob man ihn nicht leichter mit den Händen auf dem Rücken aufhaken könnte, setzte mich also mit dem Rücken zu ihr, wir befanden uns Rücken an Rücken, und hakte ihn problemlos aus, nun, ziemlich problemlos. Welch eine Arbeit. Verträumt legte ich ihre Sachen über einen Stuhl. Pyjama, forderte Pascale mit leiser Stimme. Ich stand mitten im Zimmer, Hände in den Taschen, und schaute sie an. Pyjama, wiederholte sie und ließ sich träge, die Augen immer noch geschlossen und mit ausgestrecktem Arm auf die Seite fallen. Ich holte ihren Pyjama aus der Reisetasche, er war dunkelblau und sehr weit, frisch gebügelt und mit einer weißen Borte am Kragen. Dann ließ ich sie auf dem Bett aufsitzen und das Oberteil anziehen; sie ließ alles mit sich machen, ihr Kopf mir gegenüber hing schlaff herab, und ich knöpfte ihr die Pyjamajacke zu bis zum letzten Knopf. Licht, sagte sie erschöpft, mach das Licht aus. Und sie machte, sich dabei am Höschen kratzend, Andeutungen zu einem Kuß. (Nacht, sagte sie und fiel zurück.)

Am nächsten Morgen erwachte ich völlig verschlafen im Halbdunkel des Hotelzimmers, hielt Pascale in meinen Armen und streichelte sanft ihre Brüste unter der Pyjamajacke. Sie war kein Stück wacher als ich, eigentlich schliefen wir beide noch. Wir vereinigten uns im Schlaf, die Hände auf den Wangen oder in den Haaren, unsere Haut wie zufällig überfliegend, mein Glied in ihrem von der Nacht noch weichen Körper. In dieser Haltung blieben wir noch eine Weile liegen, zart die Arme umeinandergeschlungen, nur manchmal fast unmerkliche Schauder des Körpers und sanfte Anwandlungen der Lust, wie Zeugen eines unruhigen Schlafs. Sie erwachte schließlich als erste und öffnete, als ich in ihr kam, erstaunt ein Auge. Ihr Gesicht gegen meine Wange gedrückt, lächelte sie mir ganz sanft zu, eine Hand auf meiner Schläfe, und flüsterte mir leise ins Ohr. Das Zimmer war in den Halbschatten eines anbrechenden grauen Tages getaucht. Wir verbrachten lange Zeit unter der Bettdecke, schmiedeten Pläne und schauten dem Regen beim Fallen zu. Pascale hatte einen Eisenbahnfahrplan aus ihrer Tasche geholt und blätterte, neben mir sitzend, darin herum, fast nackt, bekleidet nur mit einer weißen Socke und ihrer Lesebrille. Ich lag ausgestreckt auf dem Rücken und betrachtete sie, irritiert durch die Anwesenheit der einen weißen Socke. (Was mich vor allem nicht in Ruhe ließ, war die Frage, wo die andere war.) Mit meinen schlafwarmen Füßen wühlte ich am Bettende, und als ich dort nicht fündig wurde, beugte ich mich, eine Hand auf die Erde gestützt, aus dem Bett, um den Boden zu inspizieren. Da war ja die Socke, zusammengeknäult lag sie auf dem Teppichboden, genau in der Mitte zwischen dem Nachttisch und dem Fernsehgerät. Wie sie wohl dahin gekommen war, großes Geheimnis. Ich teilte Pascale meine Beobachtung mit, sie schaute hinunter auf ihre Füße, verglich, konstatierte für einen Moment die Ungleichheit, bevor sie sich, ohne weiter darauf zurückzukommen, wieder an die Lektüre ihres Fahrplans machte. Unerschüttert fuhr sie fort, mir zu erklären, daß der Nachtzug erst am späten Abend fahren würde, klimperte dabei mit ihren kleinen nackten Zehen, so hätten wir noch einen ganzen Tag, um London zu besichtigen (leider nur mußten wir das Zimmer mittags räumen, das war ihr entgangen).

Nachdem wir an der Rezeption bei einer jungen Frau in grauem Rock und blütenweißem Hemd die Rechnung beglichen hatten, berieten wir uns über die Möglichkeit, unsere Reisetasche im Hotel zurückzulassen. Wir entschlossen uns dann doch, sie mitzunehmen, sie war nicht sehr groß und störte nicht, verließen dann das Hotel, beschleunigten im Regen unseren Schritt, rannten fast an den Hauswänden entlang. Der Regen wurde dichter, wir flüchteten in einen Hauseingang und hielten uns an den Händen, mit nassem Haar, erforschten den Himmel nach allen Richtungen hin. Als der Regen nachließ, gingen wir weiter, liefen so gut eine halbe Stunde durch den Niesel, und als wir an einem großen Hotel vorbeikamen, schlug ich Pascale vor, haltzumachen und Kaffee zu trinken oder auch, wenn sie wollte, einen Tee, ich war zu allem bereit. Zu allem. Ich trat durch die Hoteltür und erblickte in der Halle einen Portier in Galauniform und grauer Weste, der sich gerade auf einem Stuhl fürs Personal eine kleine Pause gönnte. Aufgeschreckt durch unser Kommen strich er sich durchs Haar, erhob sich mit unbewegter Miene und stellte sich, Hände auf dem Rücken und den forschenden Blick gen Horizont gerichtet, wieder an die Tür. Die Reisetasche in der Hand, blieb ich stehen und betrachtete ihn, während Pascale tiefer in die Halle vorgedrungen war, das nasse Haar klebte ihr vor den Augen, und im Weitergehen schüttelte sie mit ausgebreiteten Armen die Regentropfen von ihren Ärmeln. Wir durchquerten die Empfangshalle und machten planlos eine Runde durch die Gänge des Hotels, bevor wir uns schließlich in einem großen Salon niederließen, der mit fahlgelben Tapeten ausgekleidet war und in dem majestätisch komplizierte Lüster von der Decke hingen, längs der Wände waren Sofas aufgestellt, davor niedere Tischchen, auf denen Zeitungen auslagen. Ich nahm in einem breiten Sessel Platz, blickte verträumt um mich, am Schädel klebten mir meine Haare, und über die nasse Wange lief in aller Seelenruhe ein Tropfen hinunter. Der Ort war exzellent, fand ich, es gab kaum Leute hier, hinten im Saal saß vor einem Teeservice eine Dame, die einen Krimi las, mit Zwicker. Wir verbrachten den ganzen Nachmittag dort, verließen nur sporadisch den Salon, das Tablett mit den leeren Tassen und den Resten der kleinen Mittagsmahlzeit, die wir uns bestellt hatten, zurücklassend, und flanierten durch die Boutiquen des Foyers, betrachteten die dort ausgestellten Uhren und Schals. Es gab auch Hemden, senkrecht postiert auf Gestellen, einfarbige und gestreifte Hemden, und versunken in die Betrachtung der Auslagen drangen wir immer tiefer ins Hotel, stiegen Treppen hinauf, gingen durch Flure, spazierten in aller Ruhe durch die Etagen (manchmal begegnete uns jemand, kreuzten andere Bewunderer unseren Weg).

Abends, am Bahnhof, ließen wir uns vor dem Eingang zum Bahnsteig mit unserer Reisetasche auf einem leerstehenden Gepäckwagen nieder. Ich erhob mich einige Male, lief ein paar Schritte hin und her, umkreiste den Gepäckwagen, Pascale, die mich beobachtete, folgte mit dem Kopf meinen Bewegungen. Ich kaufte Zeitungen, in jeder ein dicker Packen diverser Sonntagsbeilagen, und dann, auf dem Gepäckwagen sitzend, teilten wir sie unter uns auf, und ich begann darin zu blättern, mich über die Sportereignisse des Wochenendes zu informieren, ging bald über zur internationalen Politik (das ist mein Fall). Passanten gingen vorbei, und ich ließ für Augenblicke die Zeitung sinken, gedankenvollen Blicks, und sann über die Ereignisse nach. Menschen warteten in der Halle, vor den Schaltern oder den Anzeigetafeln, ein Straßenkehrer pickte mit angespitzter Holzstange schmutziges Papier auf – man hätte meinen können, in Manchester zu sein. Pascale neben mir, die ihre Lesebrille aufgesetzt hatte, ging eifrig ihre Zeitung durch und beanspruchte fast den ganzen Platz auf dem Gepäckkarren für sich. Je näher die Abfahrt des Zuges rückte, desto mehr Leute kamen und stellten sich hinter uns, manche mit Koffern, andere mit Rucksäcken, die, abgestellt auf dem Boden, wie kleine gelb- oder orangefarbene Bergmassive aussahen, aus denen Straßenkarten, manchmal ein paar Stiefel herausragten, hinter uns hatte sich in der Zwischenzeit eine Art Warteschlange mit Gepäckauswüchsen gebildet, einer saß auf seinem Koffer. Wir, auf unserem Gepäckwagen, waren die ersten vor dem Eingang des Bahnsteigs. Endlich kam ein Kontrolleur, hakte die Kette aus, und wir konnten auf den Bahnsteig, den Gepäckkarren ließen wir im Durchgang zurück.

Wir erreichten mitten in der Nacht New Heaven, und langsam kam der Zug auf einem stillen und lichtlosen Bahnsteig zum Stehen. Durch die Fenster des Zugs sah man auf Lagerhallen und riesige Kräne, die sich quer über die Schienen reckten, daneben einige Güterwagen auf Rangiergleisen. In wirbelnden Böen peitschte der Regen auf den Bahnsteig, und weiter entfernt, am Seehafen, war ameisenhaftes Tropfengewimmel im Strahlenbündel eines Scheinwerfers zu sehen. Ich weckte Pascale, die mir gegenüber auf das pascalischste geschlafen hatte, und nachdem wir die Zeitungen auf der Sitzbank zusammengepackt hatten, verließen wir den Zug und folgten den anderen Reisenden. Während die Leute schon an den Toren zur Schiffsbrücke drängelten, setzte sich Pascale auf eine Abfertigungsrampe des Zolls und fiel mitten in der gleißendhellen Halle des Seehafens wieder in tiefen Schlaf. Ich ließ sie so eine Weile, den Kopf an die Tasche gelehnt, und machte, Hände in den Hosentaschen, einen Rundgang durch die Halle. Es gab Telefonkabinen und Schalter von Schiffahrtsgesellschaften. Der Laden mit den zollfreien Waren war bereits geschlossen, ich blieb kurz vor dem Schaufenster stehen, erahnte innen im Dunkeln die Regale und die langen Reihen mit den Flaschen diverser Alkoholika. Beim Weitergehen bemerkte ich neben dem Büro der Zollbehörde einen Photoautomaten, eine alte Kabine aus Metall mit geöffnetem halblangen grauen Vorhang. Der Boden am Fuß des Schemels war abgewetzt, an einigen Stellen sah man Abdrücke nasser Sohlen. Draußen hing in einem Rahmen hinter Glas ein überbelichtetes Beispiel früherer Arbeiten dieses Automaten, dazu eine kurze Gebrauchsanweisung, die man befolgen mußte, wollte man zu denselben brillanten Ergebnissen gelangen. Ich vergewisserte mich, daß ich die erforderliche Zahl Münzen hatte, betrat die Kabine und schloß den Vorhang hinter mir.

Eine Weile saß ich schon im Halbdunkel der Kabine, hatte den Schemel in die richtige Höhe gedreht, beeilte mich aber keineswegs, die Münzen in die Maschine zu werfen. Mir schien, daß jetzt alle Voraussetzungen gegeben waren – um zu denken. Noch vor wenigen Minuten hatte ich auf dem Bahnsteig gestanden und zugesehen, wie der Regen durch den strahlenden Lichtkranz des Scheinwerfers fiel, durch jenen im Licht scharf umrissenen Raum, der in sich geschlossen und doch ohne alle materielle Grenzen war, wie die zitternde Öffnung einer Umrißzeichnung Rothkos, und über den Regen nachdenkend, wie er in diesen Winkel der Welt herunterfiel und wie er, von Windböen getrieben, jetzt in meinem Bewußtsein über einen hellen Lichtkegel zur angrenzenden Dunkelheit fegte, ohne daß es möglich gewesen wäre, wirkliche Grenzen zwischen Helle und Finsternis zu bestimmen, erschien mir dieser Regen wie ein Abbild des Denkens selbst, im Licht fixiert nur für einen kurzen Augenblick und fast gleichzeitig wieder verschwindend im Nichts, um sich in Ewigkeit nachzufolgen. Denn was ist Denken, wenn nicht an etwas anderes? Es ist der Lauf selbst, der schön ist, ja, der Lauf und sein Plätschern, das uns aus dem Höllenspektakel der Welt hinausführt. Was hätte man davon, wenn man versuchte, das Denken anzuhalten und seinen Inhalt ins helle Tageslicht zu zerren, was, wie soll ich sagen, besser es nicht sagen, damit die zitternde Öffnung des unfaßbaren Umrisses erhalten bleibt, was hätte man davon, nichts, ein paar Tropfen Wasser zwischen den Fingern, aller Grazie beraubt und verdunstet im Licht. In meinem Denken war es jetzt Nacht, ich saß allein im Halbdunkel der Kabine und dachte nach, befreit von den Qualen der Außenwelt. Die vorteilhaftesten Bedingungen zum Denken, in der Tat, die Augenblicke, in denen das Denken sich am bereitwilligsten und in regelmäßigen Mäandern verströmte, sind genau die Augenblicke, in denen, nachdem man vorläufig darauf verzichtet hat, sich mit einer schier unerschöpflichen Wirklichkeit zu messen, die Spannungen Stück für Stück abzunehmen beginnen, all die aufgestauten Spannungen, die einem notwendig waren, sich vor drohenden Verletzungen zu schützen – und keine noch so kleine ist mir unbekannt –, und so, allein im abgeschlossenen Raum, allein und mit wachsender Erleichterung dem Lauf der Gedanken hingegeben, gelangte ich nach und nach von der Schwierigkeit des Lebens zur Verzweiflung des Seins.

Die Fähre hatte New Heaven verlassen, die Küste war noch in der Ferne als gepunktete Linie orangefarbener Lichter zu erkennen. Das Meer war düster, fast schwarz, der Himmel schien am Horizont mit dem Wasser zu verschmelzen, sternlos und unendlich. Außer mir war kaum jemand an Deck, hinter mir lagen ausgestreckt auf einer Bank zwei Leute, bis an die Schultern in eine Wolldecke gewickelt. Ich stand mit hochgeschlagenem Mantelkragen, die Ellenbogen aufgestützt, an der Reling und verfolgte mit meinen Augen die Vorwärtsbewegung des Schiffes auf der Oberfläche des Wassers. Unwiderstehlich schob es voran, und ich mit ihm, gewaltlos und ohne Nachdruck spalteten wir das Meer in zwei Hälften. Mir war, als stürbe ich schrittweise, mir war, als lebte ich vielleicht. Ich konnte das nicht genau unterscheiden, es ging so einfach, und ich mußte nichts dafür tun, ließ mich nur mitziehen von der Bewegung des Schiffs in der Nacht, und während ich auf die Gischt starrte, die mit einem Geräusch gegen den Rumpf spritzte, das wie Stille war, so sanft und weitläufig, ging mein Leben weiter, ja, in fortwährender Erneuerung identischer Schaumkronen.

Das Schiff hatte sich weiter von New Heaven entfernt, bald konnte man am Horizont kaum mehr die Lichterkette wahrnehmen, die sich, matter werdend, mit dem Meer vermischte. Ich wandte mich ab, blieb noch einen Moment mit dem Rücken an der Reling auf dem Deck stehen. Vor mir erhob sich eine Eisentreppe, die zum Oberdeck führte; aus dem großen Schornstein stieg Rauch, am Mast befestigt flatterte eine Fahne im Wind. Ich hatte meine Hände in die Manteltaschen gesteckt und spürte an meinen Fingern die noch feuchten Photoabzüge, die ich zuvor in dem Automaten gemacht hatte. Die Photos waren noch nicht getrocknet, und ihre Oberfläche klebte an den Fingern. Ich zog sie hervor und blies vorsichtig darüber, knipste dann mein Feuerzeug an und hielt die Flamme über die Photos, damit ich sie im Lichtschein ansehen konnte. Auf allen vier Schwarzweiß-Photos erschien mein Gesicht jeweils frontal. Man erkannte den offenen Hemdkragen, die dunklen Schultern meines Mantels. Mein Gesicht hatte keinen bestimmten Ausdruck, allenfalls ließ sich an meiner Art, wie ich dasaß, ein Anflug von Entspanntheit ablesen. Auf dem Schemel des Photoautomaten sitzend, schaute ich vor mich hin, einfach so, mit gesenktem Kopf, die Augen in der Defensive – und lächelte in die Kamera, na ja, ich lächelte, so sieht das eben aus, wenn ich lächele.

Die Ellenbogen auf die Reling gestützt, die Photos in den Händen, sah ich hinaus auf das nicht enden wollende Meer, auf riesenhafte Wellen, die schaumlos in die Weite rollten. Der leichte Regen, der immer noch nicht aufgehört hatte, der sich mit dem Spritzwasser der See vermischte und die Kleider klamm werden ließ, wurde plötzlich stärker und begann mit aller Kraft aufs Deck zu prasseln. Ich floh entlang der Reling, sah noch, wie sich das Meer in wenigen Augenblicken in ein gigantisches schwarzes und lärmendes Sieb verwandelte, durch das wolkenbruchartig Schauer zogen. Ich stieg unter Deck einige Treppen ins Schiffsinnere hinab und schritt durch dämmrige und stille Gänge, an deren Längsseiten beigefarbene Polsterbänke installiert waren, auf denen in der Dunkelheit die Leute schliefen. Als ich vorüberging, hob der eine oder andere mit schlafwandlerischer Neugierde den Kopf. Ich ging weiter zum Heck des Schiffes, bis ich in einen kreisrunden und geräuschlosen Aufenthaltsraum kam, eine Bar war mit Gittervorhang verschlossen, eine Tanzfläche unbeleuchtet und verlassen. Etwa vierzig Personen schliefen in dem Saal verstreut, auf den Sitzen, am Boden ausgestreckt oder in Schlafsäcken zusammengekauert. Dort schlief auch Pascale auf ihre unvergleichliche Art, mein Liebling hatte die kleinen Augen geschlossen und den Kopf auf die Reisetasche gebettet.

Etwas später, ich konnte nicht einschlafen, saß und starrte mit offenen Augen in das Halbdunkel des Raums, verließ ich den Ort und wanderte, den auf dem Boden liegenden Schläfern ausweichend, durch das Schiffsinnere. Auf dem Zwischendeck war es etwas belebter, in der Biegung einer der Gänge postierte ich mich einen Moment lang hinter einen Mann, der augenscheinlich schwer von einem elektronischen Spielautomaten in Beschlag genommen war, auf dessen Bildschirm Flugzeugträger defilierten, mit Hubschraubern bestückt, die so rasch wie möglich zu starten waren, damit sie, den feindlichen Jagdgeschwadern ausweichend, andere Schiffe versenkten. Der Mann stand keinen Meter von mir entfernt über seinen Automaten gebeugt und bearbeitete wie ein Verrückter seine Bedienungsknöpfe, ließ Helikopter in die Höhe steigen, um dann, mit zusammengekniffenen Lippen und konvulsivisch sein Becken gegen den Apparat stoßend, aus vollen Rohren Salven elektronischer Strahlen zu feuern, brachte ein gegnerisches Schiff nach dem anderen zur Explosion, bis er plötzlich angesichts eines auf dem Schirm auftauchenden gegnerischen Kampfflugzeuges sich auf der Stelle wand und in einem letzten Abwehrversuch, wild auf die Knöpfe hämmernd, zurücksprang, mich dabei fast umwarf, bevor eine Granate seinen Hubschrauber in der Luft zerfetzte. Die Partie war beendet, er drehte sich in aller Seelenruhe zu mir um, bat mich um Feuer, und ich konnte feststellen, wie augenscheinlich normal das Verhalten dieses Mannes war. Wir wechselten einige Worte miteinander, auf französisch, und ich fragte ihn, ob er denn nicht eine geöffnete Bar wisse hier an Bord, und er bedankte sich fürs Feuer, nahm mit noch zittrigen Fingern einen tiefen Zug aus seiner Zigarette und bedeutete mir, daß seiner Meinung nach das Selbstbedienungsrestaurant noch geöffnet habe. Ich stieg zum Unterdeck hinunter und durcheilte die letzten Meter, die mich vom Restaurant trennten. Es war ein schlecht beleuchteter und ziemlich schmutziger Saal, die Luken waren ölig verschmiert und in der Finsternis undurchsichtig wie Milchglas; die hellbraune Kantinenbestuhlung war in den Boden geschraubt, Metallstangen ersetzten die Armlehnen. Etwa fünfzehn Personen saßen hier inmitten leergegessener Teller, überquellender Aschenbecher und zerknüllter Zigarettenschachteln. Ich holte mir ein Tablett, betrat den mit Gestängen markierten Gang längs der Auslagen und griff mir eine halbe Flasche Sancerre aus dem Getränkefach. An der Kasse döste ein beleibter Angestellter mit fettigem, schweißverklebtem Haar, er trug eine schwarze Hose und ein halbgeöffnetes weißes Hemd, das den Blick freigab auf das schwabbelige Fleisch einer verschwitzten Brust. Neben sich hatte er eine offene Bierflasche, und mit verschränkten Armen sah er mir gleichgültig entgegen. Langsam schritt ich auf die Kasse zu, versuchte meine halbe Flasche Sancerre auf dem Tablett, das ich vor mir herschob, im Gleichgewicht zu halten, und da ich keine Gläser fand, die auf dem Tresen gestapelten Plastikbecher ignorierte ich, ging ich vor zu ihm und fragte, ob ich ein Glas aus Glas bekommen könnte. Ein Glas, ja, ein schlichtes Glas. Wieso, sagte er, sind das etwa keine Gläser, und deutete in Richtung der ineinander gestapelten Plastikbecher. Ja schon, sagte ich, in gewisser Weise haben Sie recht, erklärte ihm aber, daß ich ein richtiges Glas vorziehen würde, wenn es irgend ginge. Ein richtiges Glas, sagte er. Ja, das ist angenehmer, sagte ich und strich geistesabwesend mit einem Finger übers Buffet. Er sah mich an. Das sehen Sie doch auch so, sagte ich mit gesenkter Stimme, sehen Sie das nicht auch so. Gut, Sie möchten ein Glas, so ist das also, sagte er und erhob sich sichtlich gereizt von seinem Schemel. Ja, ein Glas, sagte ich. Alles in allem schien mir das keine außergewöhnliche Bitte. Wenn Sie haben, dann ein Glas mit Stiel, fügte ich vorsichtig hinzu (es ist doch wohl besser, man ist im Leben verzweifelt als verbittert, oder?).

Ich hatte im hinteren Teil des Saals Platz gefunden, blieb dort mit überkreuzten Beinen und trank meinen Sancerre aus dem kleinen, mit Schlümpfen verzierten Senfglas, das mir der Mann an der Kasse besorgt hatte. Auch er saß wieder und schwitzte, die Arme vor der Brust verschränkt, auf seinem Schemel still vor sich hin. Am Buffet entlang lief eine Frau mit einem Tablett; am anderen Ende des Saals aß ein Punker-Pärchen mittleren Alters brav seine Würstchen. Jetzt saß ich also hier, im Selbstbedienungsrestaurant dieses Schiffes, auf dem Weg nach Dieppe, und hatte ein ungemein scharfes Bewußtsein dieses Moments, wie es geschehen kann, wenn beim Durchqueren transitorischer und ständig sich verflüchtigender Orte kein bekannter Bezugspunkt das Denken mehr stützt. Der Raum um mich herum war nach und nach aus meinem Bewußtsein gewichen, und für einen Augenblick lang war ich gedanklich nirgendwo, nur bewegungslos in meinem Denken, zusammen mit dem Ort, den ich gerade verließ und der langsam aus meinem Gedächtnis wich, und jenem sich nähernden, der noch fern von mir war. Ich nahm einen kleinen Schluck Sancerre, als ich neben mir auf einem leeren Sitz, eingeklemmt in eine Nische in der Bank, einen liegengelassenen Photoapparat bemerkte, eine kleine Instamatic, schwarz mit Chrom.

Wieder an Deck, spürte ich in meiner Manteltasche zwischen verschiedenen Papieren, die ich dort verwahrte, die harten Konturen des kleinen Photoapparates. Ich hatte nicht die Absicht gehabt, ihn zu stehlen; ich hatte ihn an mich genommen mit dem einfachen Gedanken, ihn dem Kassierer zurückzubringen, doch der war, als ich ihn dort abgeben wollte, mit der Rückgabe von Wechselgeld beschäftigt, und ich machte kehrt und verließ den Saal. Aus Angst, von jemandem gesehen worden zu sein, hatte ich es dann eilig, die Treppen hinaufzukommen, begriff plötzlich, daß ich nun nicht mehr zurückkonnte, und als ich hinter mir ein Geräusch vernahm, begann ich wie in Panik zu photographieren, wollte so rasch als möglich den Film beenden, machte willkürlich Aufnahmen von den Stufen, von meinen Füßen, das alles, während ich die Treppen hinaufrannte, den Photoapparat in der Hand, auf den Auslöser drückte, sofort wieder den Film spannte, drückte und wieder spannte, um so den Film schnellstmöglich vollzukriegen. Oben an Deck lehnte ich mich gegen die Reling, und während mein Atem sich wieder beruhigte, hörte ich, wie sich hinter mir eine der Türen zum Deck hin öffnete. Hastig stopfte ich den Photoapparat in die Manteltasche und bewegte mich nicht mehr, verharrte regungslos an der Reling. Ein Mann kam auf mich zu und ging langsam hinter meinem Rücken vorüber. Als er verschwunden war, holte ich den Photoapparat wieder aus meiner Tasche, und den kleinen Arretierhebel betätigend, öffnete ich das Gehäuse, nahm die Filmpatrone heraus und steckte sie in meine Tasche.

Der Wind war jetzt stärker geworden, ein Tau schlug gleichmäßig gegen eine Winde. Scharf geschnittene begrenzte Schatten kreuzten sich um mich herum, Schatten von Seilwinden und Rettungsbooten, Treppen und Eisenstiegen. Da ich mich nicht entschließen konnte, den Photoapparat zu behalten, erwog ich, ins Restaurant zurückzugehen, ihn dort zurückzulegen, wo ich ihn gefunden hatte, und den Saal dann gleich wieder unbemerkt zu verlassen. Aber wenn nun aus heiterem Himmel der Besitzer des Photoapparats auftauchte, welche Erklärung könnte ich ihm dann geben? Mir fiel keine ein. Ich verließ das Deck und achtete darauf, daß ich auf der Treppe niemandem begegnete. Am Eingang des Restaurants blieb ich stehen und spähte über eine Trennwand, um mir ein Bild von der Lage zu machen. Nicht mehr als zehn Personen saßen noch in dem Raum, die meisten schwiegen, es war nichts Ungewöhnliches zu erkennen. Ich trat in das Restaurant, griff mir ein Tablett und ging zum Buffet. Aber kaum war ich eingetreten, fühlte ich, wie mich der Kassierer von seinem Schemel aus anstarrte. Ich fühlte mich nicht wohl in meiner Haut. Meine Hand klammerte sich in der Manteltasche um das Gehäuse des Photoapparats, und außerstande, auch nur einen Schritt weiterzugehen, blieb ich wie erstarrt in der Mitte des Gangs stehen und musterte den Inhalt der Vitrine.

Zurück an Deck, suchte ich mir eine versteckte Ecke des Schiffs, setzte mich im Schutz einer Eisentreppe, die zum Oberdeck führte, auf eine Holzkiste, die offenbar zur Aufbewahrung von Rettungswesten diente, verschränkte meine Arme, lehnte meinen Nacken gegen die feuchtkalte Metallwand und verharrte eine Weile in dieser Stellung. Das Schiff bewegte sich weiter durch die Nacht, und ich hörte das Brummen der Motoren und das Klatschen der Wellen gegen den Rumpf. Auf den hölzernen Deckplanken zeichneten sich lange Lichtstreifen ab. Regungslos im Halbschatten sitzend, spürte ich durch die Manteltasche den Druck des Photoapparats gegen meinen Schenkel. Ich hatte ihn nicht zurückgegeben, nein, ich war nicht in der Lage gewesen, ihn zurückzugeben. Bevor ich das Deck verließ, schlenderte ich noch einige Minuten an der Reling entlang und lehnte mich einen Augenblick über die Holzbrüstung. Noch war kein Land in Sicht, der Himmel weitete sich fast grenzenlos in der Dunkelheit, und auch das Meer schien sich bis zum Firmament zu erstrecken. Ja, manchmal fehlte mir der Tod. Ich schaute von oben auf die Wellen, holte den Photoapparat aus der Tasche und ließ ihn fast ohne die geringste Bewegung über Bord fallen, er schmetterte gegen den Schiffsrumpf, bevor er auf dem Wasser aufschlug und in den Fluten verschwand.

Das Wasser im Hafen von Dieppe war fast schwarz, dreckig und ölig glänzend, mit violetten und grünen Farbreflexen von Benzinrückständen. Nach einigen langwierigen Manövern hatte das Schiff gegen 5.00 Uhr morgens angelegt. Als wir mit verschlafenen Gesichtern und unordentlichen Haaren von Bord gingen, war es noch dunkel. Pascale blieb nach einigen Schritten auf dem Kai stehen, eine riesige Fläche, die sich vor uns auftat, und beide schauten wir zu, wie die ersten Lastwagen vom Schiff herunterfuhren und sich mit ihren roten Rücklichtern langsam aus dem Hafengelände entfernten. Vor dem Hauptgebäude, wo sich die Zollabfertigung und die Paßkontrolle befanden, hatte sich eine lange Schlange mit Passagieren gebildet, und da sich dort so gut wie nichts bewegte, spazierte ich über das Hafengelände, in der Erwartung, daß sich die Schlange bald auflösen würde. Etliche Zeit schlenderte ich so durch die Dunkelheit, ohne genau zu wissen, wohin, immer wieder aufgehalten durch einen Zaun oder irgendeine vergitterte Pforte, die mich zur Umkehr zwang. Ein gutes Stück entfernt, an der Küste, blieb ich stehen, um mir eine Weile die in der Nacht angestrahlten Fischereibezirke anzuschauen, mehrere überdachte Hallen, in denen Fischer emsig ihrer Tätigkeit nachgingen, Holzkisten wogen, sie auf die Tische stapelten, den Boden schrubbten und die leeren Fischkörbe mit Wasserschläuchen abspritzten. Andere, bekleidet mit Ölzeug oder dicken Pullovern, kamen und gingen in ihren Gummistiefeln durch die Wasserlachen, hoben die Fischkisten und trugen sie in die vor den Hallen abgestellten Gefrierlaster. Vor den Toren des Seehafens schien die Schlange der wartenden Passagiere etwas kleiner geworden zu sein, und ich machte mich auf den Rückweg, vorbei an weiteren Hafenbecken. Pascale stand ganz allein mitten auf der riesigen Betonfläche, schutzlos und zerbrechlich wirkte sie in der Dunkelheit. Ich ging zu ihr, und wir blieben noch einen Moment dort zusammen stehen, Hand in Hand, und blickten um uns. Wir waren jetzt allein. Sporadisch verließen Gefrierlaster das umgrenzte Hafengebiet, wir folgten ihnen mit unseren Blicken, sahen zu, wie sie sich langsam auf der Landstraße verloren. Ich liebe Sie, sagte ich mit gedämpfter Stimme.

In einem überheizten Café vor dem Bahnhof Saint-Lazare saßen wir an einem großen Fenster und frühstückten, rührten müde unsere Löffel in den Tassen. Draußen war es immer noch dunkel, und Autobusse verließen mit hell erleuchteten Scheiben in regelmäßigen Abständen die Cour de Rome und ordneten sich in den zu dieser Stunde schon recht lebhaften Verkehr des Boulevards ein. Es mochte gegen 7.00 Uhr sein, vielleicht 7.15 Uhr an diesem Montagmorgen, und wir waren gerade in Paris angekommen. Im Café herrschte um uns herum ein reger Betrieb, ständig ging die Tür, und jedesmal wirbelte ein kalter Luftzug herein und ließ uns erschaudern. Der Patron hinter der Bar machte Kaffee für den, der wollte, und ließ die Zuckerdose über den Tresen rutschen. Ich steckte mir eine Zigarette an und schaute zum Fenster hinaus, mir gegenüber saß Pascale, auf beide Ellenbogen gestützt, sie sah nachdenklich auf ihr Croissant und kämpfte dagegen an, einzuschlafen, bevor sie es gegessen hatte. Sanft strich ich ihr über die Wange, und über den Tisch hinweg gönnten wir uns einen kleinen verschlafenen Kuß, ganz zärtlich und flüchtig, stießen dann mit unseren schweren Porzellantassen an, und als wir sie wieder auf die Unterteller stellten, schwappte der Milchkaffee hin und her.

Als wir in der Fahrschule ankamen, war es dort dunkel und eisig kalt. Pascale hatte hinter mir die Tür geschlossen und wortlos meine Hand genommen, zärtlich schaute sie mich durch das Dämmerlicht an. Keiner von uns beiden machte eine Bewegung, dies war der Moment, ein ganz einfacher Moment, in dem wir uns nur schweigend anschauten, uns sanft anlächelten, daß wir zusammen waren. Eine kleine Leselampe brannte auf dem Schreibtisch, wir standen wie isoliert in der grünen Lichtinsel, die der Lampenschirm zeichnete; im Schatten konnte man Umrisse der Aktenschränke und einige leere Sitze erkennen. Im rückwärtigen Teil des Raums war eine ganze Wand mit Verkehrsschildern tapeziert, die unterschiedlichsten Formen, dreieckig oder rund, in

Rot und in Weiß, einige waren auch gelb-schwarz gestreift, auf den meisten waren Symbole, die die Assoziation an Schienenübergänge und Steinschlag weckten oder an einen ebenso eleganten wie rätselhaften fliegenden Elch, den ich durch die Dunkelheit einige Zeit musterte. Pascale hatte sich gebückt und die Post am Eingang aufgesammelt, und während sie damit beschäftigt war, blickte ich zum Fenster hinaus und begann nachdenklich mit dem Finger Rechtecke auf die Scheibe zu malen, übereinandergelegte kleine Rechtecke, Rahmen für imaginäre Photographien, entweder mit der weiten Perspektive auf die gegenüberliegenden Gebäude oder einem engeren Rahmen, der nur ein einzelnes Auto umschloß oder eine einsame Person, die auf dem Trottoir lief. Ich steckte mir eine Zigarette an und blieb noch eine Weile so stehen, bevor ich mich hinten ins Dunkel des Raums auf den Boden setzte. Dort unter dem Projektionsschirm sitzend, zog ich den Mantel fest um mich und lehnte mich regungslos gegen die Wand, ich blickte starr zur Decke, zog nur gelegentlich an meiner Zigarette. Pascale stand neben dem Schreibtisch in ihrer kleinen Lichtinsel, öffnete Brief um Brief und schob dann einen nach dem anderen in die Schublade. Einen Augenblick lang hob sie den Kopf, wie wenn sie über etwas nachdachte, und zärtlich beobachtete ich sie, ohne mich zu bewegen, dann drückte ich meine Zigarette aus. Heute nacht habe ich einen Photoapparat gestohlen, sagte ich mit gedämpfter Stimme.

Die Boeing beschleunigte jetzt auf der Startbahn, ich rührte mich nicht mehr in meinem Sitz, sondern überließ mich ganz der mitreißenden Bewegung des Flugzeugs, versuchte meinen Körper mit der unwiderstehlichen Beschleunigung der Maschine zu verschmelzen, um mit ihrem Schwung selbst abzuheben – und ich hob ab, sehr langsam trennte ich mich von der Erde und stabilisierte mich im Himmel über Orly, die Gepäckfächer in der Kabine hörten nach und nach auf zu beben. Wir flogen bereits seit einer halben Stunde, und durch die Seitenfenster sah ich auf den sonnenüberfluteten blauen Himmel oberhalb der Wolkendecke, die von oben so monoton erschien wie eine Gletscherlandschaft, weiß und hart, keinesfalls flauschig, sondern Umrisse und Formen wie Gebirgskämme, ein unebenes verödetes Relief, dessen Höcker die Sonne sanft beschien. Weiter entfernt an der Seite verlor sich der Horizont im Nichts, in einem derartig wunderlichen Blau, so glatt, so nah und doch unendlich weit weg, ganz unergründlich und unzugänglich. Das Flugzeug schien förmlich in der Luft zu stehen, nichts bewegte sich rings umher, und an mein Seitenfenster geneigt, ertränkte ich meine Gedanken in diesen ebenso unbegreiflichen wie anziehenden Luftgebilden, dachte, daß ich, wenn ich den Photoapparat behalten hätte, jetzt Aufnahmen dieses Himmels machen könnte, lange gerahmte Rechtecke, alle gleichförmig blau durchscheinend, fast durchsichtig, von jener Transparenz, die ich schon einmal so sehr ersehnt hatte, als ich vor Jahren den Versuch unternahm, eine Photographie zu machen, eine einzige, eine Art Porträt, wahrscheinlich ein Selbstporträt, aber ohne mich oder irgend jemand anderen darauf abgebildet, sondern nur eine umfassende, nackte Präsenz, schmerzvoll und schlicht, ohne Hintergrund und fast lichtlos. Und während ich weiter unverwandt aus dem Fenster schaute, wurde mir klar, daß ich dieses Photo neulich auf dem Schiff gemacht hatte, daß es mir in dieser Nacht gelungen war, es mir und dem Augenblick zu entreißen, als ich, die Treppen des Schiffs emporrennend, wie bewußtlos photographierte und doch gerade da mich von dieser Photographie befreite, auf die ich so lange Zeit gehofft hatte und von der ich jetzt nur begriff, daß ich sie, die unentwirrbar und unzugänglich in den Tiefen meines Seins verborgen lag, mitten aus einem plötzlichen Aufblitzen des Lebens gegriffen hatte. Es war gleichsam die vollkommene Aufnahme meines gewaltigen Elans, den ich in mir barg, und zeugte doch schon von der Unmöglichkeit, die ihm folgte, von dem Scheitern all dessen, was er bewirkte. Denn man würde mich fliehen sehen auf jenem Photo, ich würde mit äußerster Kraft fliehen, meine Füße würden über die Stufen springen, meine Beine über die Metallrinnen der Schiffstreppe fliegen, alles wäre unscharf und doch erstarrt, jede Bewegung eingefroren, nichts bewegte sich mehr, ich wäre nicht anwesend, aber auch nicht abwesend, das ganze Spektrum der Bewegungslosigkeit, die dem Leben vorausgehende und die auf das Leben folgende, wäre zu sehen, kaum weiter entfernt als in diesem Augenblick der Himmel unter meinen Augen.

Am darauffolgenden Abend kehrte ich nach Paris zurück, etwas erschöpft davon, weggefahren zu sein, ich hatte es satt, dieses ständige Hin und Her. Über Orly dämmerte es bereits, ich verließ den Flughafen und nahm ein Taxi, das von einer schweigsamen Frau chauffiert wurde, an deren Seite auf einem Kissen ein Hund döste, gemeinsam rasten wir durch die Nacht über die Autobahn. Am Armaturenbrett glitzerten die Leuchtzeichen im Halbdunkel, Autoscheinwerfer durchquerten als flüchtige Lichtstreifen das Innere des Taxis. Wir wechselten ständig die Fahrspur, am Horizont entdeckte ich kleine Lichtreflexe, verschiedenfarbige helle Punkte, die in der Nacht funkelten. Nach einigen Kilometern fuhr die Frau an eine Tankstelle, um zu tanken, ich stieg aus, tat einige Schritte auf den Parkplatz und rauchte eine Zigarette. In der Ferne sah ich die angestrahlten Gebäude von Orly-Süd, die roten Blinklampen der Flugzeuge, die sich langsam der Landebahn näherten. Später in der Nacht lief ich lange durch die Straßen von Paris, ziellos, stieg schließlich die Stufen am Ufer der Seine hinunter. Es war stockfinster, und durch die Dunkelheit floß still der Fluß. Ja, ich war wieder in Paris, und im schwarzen Schatten einer einsamen Linde stehend, schaute ich auf die Oberfläche des nächtlichen Wassers und dachte an den Photoapparat, den ich ins Wasser geworfen hatte und der vermutlich jetzt in vierzig Meter Tiefe vor sich hin rostete, und ich stellte ihn mir vor, irgendwo im Ärmelkanal, umgeben vom dunklen, trüben Wasser, leicht geneigt lag er da im Schlamm, Algen hatten sich bereits an sein Gehäuse geheftet.

An einem der folgenden Tage ging ich zum Photogeschäft, um Abzüge der Photographien abzuholen, die ich in jener Nacht auf der Schiffstreppe gemacht hatte. Man händigte mir einen kleinen hellblauen Umschlag aus, in dem sich elf Farbbilder befanden, alle in jenem schreienden Instamatic-Farbton, darauf abgebildet ein Mann und eine Frau, der Mann jung und etwas dicklich, ein blonder Dreißiger mit hellem Gesicht, die Frau, etwas jünger mit blonden, kurzen Haaren, trug auf den meisten Photos eine rote Bluse. Diese Gesichter sagten mir nichts, und ich konnte mich auch nicht erinnern, sie jemals gesehen zu haben, aber ich konnte nicht daran zweifeln, daß es sich um die Besitzer des Apparats handelte, denn tatsächlich war das letzte Bild in dem Selbstbedienungsrestaurant des Schiffs aufgenommen, zweifellos sehr kurz bevor der Apparat auf der Sitzbank liegengelassen worden war. Doch keines der Bilder, die ich in dieser Nacht gemacht hatte, war entwickelt worden, keines, und als ich aufmerksam die Negative prüfte, wurde mir klar, daß von der zwölften Aufnahme an der Film durchgängig unterbelichtet war, nur hier und da einige unförmige Schatten wie nicht wahrnehmbare Spuren meiner Abwesenheit.

Weit und breit war kein einziges Licht, nur eine verlassene Straße, die sich in die Nacht verlängerte, mit etwas Unterholz an den Seiten, am Horizont ein Bauernhof, und ich marschierte allein am Straßenrand entlang, konnte hinter mir schon nicht mehr den Park des Anwesens erkennen, aus dem ich gerade gekommen war. Bevor ich aufbrach, hatten mir meine Gastgeber angeboten, mich mit dem Wagen bis zum Bahnhof zu begleiten, doch ich wollte lieber den Weg zu Fuß gehen und war sogleich aufgebrochen in die Nacht, hatte den langen bewaldeten Park ihres Anwesens durchquert. Hinter dem Tor erstreckte sich eine endlos scheinende schmale Straße, die sich in die Dunkelheit verlor. Um mich war vollkommene Stille, ich hörte nur den regelmäßigen Abrieb meiner Sohlen auf der Fahrbahn, ich folgte dieser verlassenen Landstraße und blickte zum Mond hoch, der dreiviertel voll am Himmel stand, halb bedeckt von einer länglichen kleinen Wolke, die langsam durch seinen Lichthof zog. Schon bald kamen die ersten Häuser eines Dorfes in Sicht, ich überquerte die stille und verlassene Hauptstraße, an der sich die schweigenden Häuser und geschlossenen Läden reihten, ein Geschäft mit Kurzwaren, ein Café mit dunklen Fenstern, hinter denen man die Schatten der im hinteren Raum auf die Tische gestellten Stühle erraten konnte. Der Bahnhof befand sich etwas außerhalb des Zentrums, und ich hielt auf dem kleinen Platz davor inne, in der Mitte ein blumiges Rund, auf dem sich im Halbdunkel ein Mahnmal für die Toten reckte. Der Platz wurde durch wenige Straßenlaternen nur schwach beleuchtet, alles war menschenleer, nicht einmal ein Auto, lediglich ein paar weiße Markierungen auf dem Asphalt, die die leeren Parkplätze umrissen. Stille überall. Die körnige Fassade des Bahnhofs und die kleine eingelassene Turmuhr – sie zeigte eine Viertelstunde vor Mitternacht – erinnerten an eine Theaterkulisse.

Als ich den Bahnhof betrat, fand ich mich in einem verlassenen Saal wieder, mit Holzbänken längs der Wände, mit einer Glastür, durch die man auf den überdachten dunklen Bahnsteig sah. Der Schalter war nicht besetzt, und auch in dem kleinen Büro daneben, wo einige rote Lämpchen auf einem Kontrolltisch blinkten, war niemand. Im hinteren Teil des Raums lag eine Zeitung aufgeschlagen auf dem Tisch, mitten auf den Seiten eine Brille. Ich trat auf den Bahnsteig hinaus und schritt einige Momente durch die Nacht, und als ich außer einem verschreckten Huhn, das sich über die Gleise rettete, niemanden fand, verließ ich den Bahnhof, um die Umgebung zu durchstöbern.

Ich war wieder zum Bahnhof zurückgekehrt, um hier zu warten, saß mit dem Rücken gegen die Mauer gelehnt auf einer der Holzbänke und vertrieb mir die Zeit, indem ich mir nochmals die Photographien anschaute aus jenem kleinen hellblauen Umschlag, in dem sie aufbewahrt waren. Ich hatte sie mir seit dem letzten Abend immer wieder angeschaut, diese elf Farbphotographien, so ordentlich gerahmt mit ihrem weißen Rand, und hatte mich inzwischen schon ein wenig an die unbekannten Gesichter der Besitzer des Apparats gewöhnt. Der Mann war nur ein einziges Mal, mitten in einem großen Park im Regen, allein abgebildet, am Rand eines Springbrunnens stand er mit gesenktem Kopf, bekleidet mit einem gelben Anorak. Auf allen anderen Photos war die junge Frau zu sehen, in London oder am Rand einer englischen Landstraße, mehrmals vor einer Fassade im Regenmantel stehend, einmal in ihrer roten Bluse hinter einem Plastikbecher in einer Museumscafeteria sitzend. Auf einem der allerletzten Bilder hatten sie sich vor dem Zaun eines öffentlichen Gebäudes gemeinsam photographieren lassen, der Mann hatte seinen Arm um die

Taille der Frau gelegt, beide lächelten sie mit geborgtem Ausdruck ins Objektiv. Was mich an diesen augenscheinlich harmlosen Aufnahmen irritierte, war neben der Tatsache, daß ich hier mit einer Intimität konfrontiert war, in die ich eigentlich nie hätte eindringen dürfen, jene unfreiwillige Anstößigkeit, die von den Photographien ausging. Die bloße Beschaffenheit der Aufnahmen, hingepfuscht und mit banalen Einstellungen, verlieh ihnen einen Abglanz unwiderlegbarer Wirklichkeit, eine rohe und nahezu obszöne Wirklichkeit, die sich mir mit all ihrer Kraft auftat. Noch mehr verwirrte es mich aber, als ich die ganze Serie nochmals durch meine Finger laufen ließ und, die vorletzte der Aufnahmen genauer betrachtend, etwas bemerkte, was mir bis zu diesem Zeitpunkt noch nicht aufgefallen war. Das Bild zeigte die große Halle des New Heavener Seehafens, und mit einem Male wurde mir bewußt, daß hinter der jungen Frau im Vordergrund die Umrisse des Zollschalters erschienen und darauf sehr klar die Silhouette der schlafenden Pascale.

Ich saß noch immer allein in dem Bahnhof, und erst kurz nach Mitternacht tauchte ein Bahnbeamter auf, eine blaue Jacke über die Schulter geworfen. Und während er in sein kleines Büro trat, erhob ich mich, ging zu ihm, wobei ich die Photographien wieder in den Umschlag steckte, und mußte erfahren, als ich mich mit ihm durch das Schalterfenster verständigte, daß der letzte Zug nach Paris bereits abgefahren war und der nächste erst um 7.00 Uhr morgens gehen würde. Der Mann löschte das Licht erst im Büro, dann in der ganzen Halle, mittels eines Generalschalters, der die gesamte Beleuchtung des Bahnhofs regelte, verließ wieder das Büro, schloß die Tür zu den Bahnsteigen und forderte mich auf, den Bahnhof jetzt zu verlassen, er müsse über Nacht die Eingangstüren absperren. Ich wartete draußen neben ihm, während er den Haupteingang verriegelte, und nur unwillig ging er auf meine Fragen ein, er wußte nicht, ob es von Orléans aus noch Züge nach Paris gab. Mit einem knappen Gruß verließ er mich dann, und ich blickte ihm nach, wie er auf seinem Mofa in der Nacht verschwand. Ich hatte nicht die Absicht, um diese Zeit zu meinen Gastgebern zurückzukehren, verließ den Bahnhof und schlug dieselbe Richtung ein wie der Beamte, erreichte schließlich den Ausgang des Dorfes und bald darauf eine Kreuzung, an der ich auf eine recht belebte Landstraße Richtung Orléans einbog. Ich marschierte auf dem schmalen Seitenstreifen am Rande eines kleinen Grabens, in dem abgestandenes Wasser dümpelte, in regelmäßigen Abständen geblendet von entgegenkommenden Autoscheinwerfern. Manchmal fuhr ein Lastwagen mit vollem Tempo in der Dunkelheit an mir vorbei und hinterließ einen Luftstoß, der alles erzittern ließ. Ich versuchte, etwas Distanz zur Fahrbahn zu gewinnen, nahm schließlich eine Abkürzung und landete auf dem Parkplatz eines Supermarktes. Ich irrte durch die Finsternis, um wieder zur Straße zurückzufinden, als ich inmitten von Schrott-Teilen und Bierflaschenscherben ein etwas matschiges Rasenstück wahrnahm, in dem ein kleines Gänseblümchen stand, ganz weiß und zitternd, das in Abständen von den Scheinwerfern der vorbeifahrenden Autos angeleuchtet wurde. Allmählich wurde der Verkehr auf der Landstraße schwächer, bis ich mich schließlich in einem völlig öden Landstrich wiederfand, kein Licht weit und breit, keine Gebäude, auch kein Anzeichen irgendeiner industriellen Aktivität, nur riesige Felder auf beiden Seiten der Straße. Ich ging auf eine Kreuzung zu, die sich in der Ferne abzeichnete, und hatte keinerlei Vorstellung, welche Strecke ich bereits zurückgelegt hatte, als ich in der Finsternis vor mir ein Hinweisschild entdeckte mit der Anzeige: Orléans 17 km.

Es war eine Kreuzung wie aus dem Bilderbuch, vier Straßenarme, die sich rechtwinklig in der leeren Ebene überschnitten, am Rande, im Halbschatten, eine Telefonzelle mit halb offener Tür, sonst nichts als düstere und stille Felder. Am Himmel hatten sehr dunkle Wolken den Mond zu einem Teil verdeckt, dichte Wolken, deren Konturen sich im fast verschleierten Hof des Mondes erraten ließen. Ich stand an der Straße, wühlte in meinen Taschen und merkte, daß ich nur eine einzige Münze bei mir hatte, überquerte die ausgestorbene Fahrbahn, betrat die Zelle und suchte mit meinen Feuerzeug auf den Scheiben nach der Nummer, mit der man sich in dieser Telefonzelle zurückrufen lassen konnte. Es war schon kurz vor zwei Uhr morgens, und den Hörer in der Hand, zögerte ich lange, die Nummer Pascales zu wählen. Ich hatte das Geldstück in den Apparat geworfen und der anhaltende Summton verstärkte sich in der Dunkelheit, je länger ich wartete. Für einen Augenblick schloß ich die Augen, und langsam, sehr langsam tippte ich die Tasten, wählte die Nummer Pascales und hörte bald das erste Läuten in der tiefen Finsternis der Kabine widerhallen. Jemand hob ab, und in diesem vollkommensten Dunkel, mein Ohr und meine Hand kraftlos gegen den Hörer gedrückt, vernahm ich durch die Nacht ihre verschlafene Stimme.

Ich hatte Pascale gebeten, mich hier in der Telefonzelle zurückzurufen, und war wieder hinaus an die frische Luft getreten, ging einige Schritte hin und her durch die Nacht mit Blick auf diese Telefonzelle, die für mich jeden Augenblick klingeln würde. Im Halbdunkel stand sie da, grau, fast silbern unter den Strahlen des Monds, und es gab kein Licht am Horizont, nur Felder, die sich ins unendliche Dunkel verloren. Am Straßenrand sitzend wartete ich, daß Pascale mich zurückrief, und je länger es dauerte, desto mehr stellte ich mir die Frage, ob sie nicht wieder eingeschlafen war. Schließlich kehrte ich in die Telefonzelle zurück, schloß die Tür hinter mir, ließ mich langsam an der Innenwand hinuntergleiten und auf den Boden fallen. Meine Hosenbeine waren über meine Strümpfe gerutscht, und dort unten auf dem Boden sitzend, schaute ich durch die Scheibe auf die verlassenen nächtlichen Felder hinaus. Nur noch selten fuhr ein Auto vorbei und strahlte beim Überqueren der Kreuzung gewalttätig mein Gesicht an, bis nichts mehr zurückblieb in dieser Dunkelheit als ein Streifen des Scheinwerfers, den ich beobachtete, wie er sich langsam in der Nacht entfernte.

Ich saß in der dunklen Kabine, meinen Mantel eng um mich geschlungen, rührte mich nicht und dachte. Ja, ich dachte, und die Augen geschlossen, den Leib geschützt, gab ich mich der Vorstellung eines anderen Lebens hin, das mit dem richtigen Leben in seinen Formen und seiner Eingebung, seiner Atmung und seinem Rhythmus identisch war, ein in allen Punkten dem Leben vergleichbares Leben, aber ohne denkbare Verletzung, ohne Aggression, ohne jedes Leid, ein abgehobenes Leben, das sich in den entkräfteten Trümmern der äußeren Wirklichkeit entfaltete, wo eine ganz andere Wirklichkeit, eine innerliche und fügsame Wirklichkeit, die Süße jedes vergehenden Augenblicks zum Maß erhob, und es kamen mir kaum noch Worte in den Sinn, auch keine Bilder, ein paar Töne vielleicht, und jenes vertraute Plätschern, dafür aber sich bewegende Formen, die wie die Bewegungen der Zeit durch meinen Geist zogen, mit der gleichen unendlichen und heiteren Gewißheit, schwebende Formen mit unfaßbaren Umrissen, die ich still in mir fließen ließ, mit der Ruhe und Sanftheit eines ebenso großartigen wie überflüssigen Fließens. Ja, ich dachte, und es war eine immer wieder neu einsetzende Gnade, alle Schrecken waren verstummt, alle Ängste verschwunden, und bis tief in mein Denken hinein begannen sich die brennenden Spuren möglicher Widerstände auszulöschen. Die Stunden verflossen in gleichbleibender Sanftheit, und meine Gedanken bildeten ein Netz sinnlicher und fließender Beziehungen, so als ob sie fortwährend einem rätselhaften und vielschichtigen Spiel von Kräften gehorchten, die sie manchmal an einem fast greifbaren Punkt meines Geistes stabilisierten, dann wieder ankämpfen ließen gegen den Strom, um sofort wieder in der befriedeten Stille meines Geistes ihren Weg ins Unendliche aufzunehmen.

Der Tag brach an, ich sah ihn heraufkommen durch die Fenster der Telefonzelle, es war noch Nacht, wenn auch eine schon durch eine ins Blau gemalte, klare Dämmerung gemilderte Nacht, nichts rührte sich ringsum auf den Feldern, und langsam brach vor meinen Augen der Tag an, tauchte nach und nach die Sphäre ringsumher in leuchtende und leichte Farben, die die Atmosphäre mit durchsichtiger und zitternder Helligkeit überzogen, und hinter den Glasscheiben dieser einsamen Telefonkabine, irgendwo in einem abgelegenen Landstrich, sah ich den Tag kommen und dachte einzig an die Gegenwart, an den gegenwärtigen Augenblick, und versuchte, dessen flüchtige Anmut noch einmal festzuhalten – gerade wie man eine Nadelspitze im Körper eines Schmetterlings fixiert, der noch am Leben ist.

Am Leben.

Literaturwissenschaft
in den suhrkamp taschenbüchern

Ingeborg Bachmanns »Malina«. Herausgegeben von Andrea Stoll. st 2115
Ball, Hugo: Hermann Hesse. Sein Leben und sein Werk. st 385
Barthes, Roland: Fragmente einer Sprache der Liebe. Aus dem Französischen von Hans-Horst Henschen. st 1586
– Die helle Kammer. Bemerkungen zur Photographie. Übersetzt von Dietrich Leube. st 1642
Bell, Quentin: Virginia Woolf. Eine Biographie. Aus dem Englischen von Arnold Fernberg. st 753
Berliner Geschichten. »Operativer Vorgang Schwerpunkt Selbstverlag«. Eine Autoren-Anthologie: wie sie entstand und von der Stasi verhindert wurde. Herausgegeben von Ulrich Plenzdorf, Klaus Schlesinger und Martin Stade. st 2256
Bertaux, Pierre: Friedrich Hölderlin. st 686
Brinnin, John Malcolm: Die dritte Rose. Gertrude Stein und ihre Welt. Mit einem Vorwort von John Ashbery. Aus dem Amerikanischen von Maria Wolff. st 1820
Chalfen, Israel: Paul Celan. Eine Biographie seiner Jugend. st 913
Dedecius, Karl: Vom Übersetzen. Theorie und Praxis. st 1258
– Von Polens Poeten. st 1479
Deutsches Drama der 80er Jahre. Herausgegeben von Richard Weber. st 2114
Dichter und ihre Nation. Herausgegeben von Helmut Scheuer. st 2117
Endres, Ria: Am Anfang war die Stimme. Zu Samuel Becketts Werk. Essays. st 1845
Essays über Karl Kraus. Herausgegeben von Sigurd Paul Scheichl. st 1819
Fitch, Noel R.: Sylvia Beach. Eine Biographie im literarischen Paris 1920-1940. Aus dem Amerikanischen von Angelika Schleindl. Mit Abbildungen. st 1702
Freedman, Ralph: Hermann Hesse. Eine Biographie von Ralph Freedman. Aus dem Amerikanischen von Ursula Michels- Wenz. st 1827
Gilbert, Stuart: Das Rätsel Ulysses. Eine Studie. Ins Deutsche übertragen von George Goyert. st 367
Gründgens Faust. Siegfried Melchinger: Faust für uns. Bilder der Hamburger Aufführung von Rosemarie Clausen. Gustav Gründgens: Meine Begegnung mit Faust. st 838
Hart Nibbrig, Christiaan L.: Rhetorik des Schweigens. Versuch über den Schatten literarischer Rede. st 693
– Spiegelschrift. Spekulationen über Malerei und Literatur. Mit Abbildungen. st 1464

259/1/7.93

Literaturwissenschaft in den suhrkamp taschenbüchern

Hart Nibbrig, Christiaan L.: Warum lesen? Ein Spielzeug zum Lesen. st 946

Heinrich Heine. Ästhetisch-politische Profile. Herausgegeben von Gerhard Höhn. stm. st 2112

Helbling, Hanno: Erinnertes Leben. Marcel Prousts »Auf der Suche nach der verlorenen Zeit«. st 1547

Heller, Erich: Thomas Mann. Der ironische Deutsche. st 243

Hsia, Adrian: Hermann Hesse und China. Darstellung, Materialien und Interpretation. st 673

Kaiser, Gerhard: Geschichte der deutschen Lyrik. Band 2: Von Heine bis zur Gegenwart. Ein Grundriß in Interpretationen. 3 Bände. Mit einem Textbeiheft. stm. st 2107

Karalaschwili, Reso: Hermann-Hesse-Studien. st 2156

Keller, Luzius: Proust lesen. Erstausgabe. st 1839

Kleine, Gisela: Zwischen Welt und Zaubergarten. Ninon und Hermann Hesse: Leben im Dialog. st 1384

Lützeler, Paul Michael: Hermann Broch. Eine Biographie. st 1578

Matt, Peter von: ... fertig ist das Angesicht. Zur Li teraturgeschichte des menschlichen Gesichts. st 1694

Mayer, Hans: Außenseiter. st 736

– Georg Büchner und seine Zeit. st 58

– Richard Wagner in Bayreuth. 1876-1978. st 480

– Thomas Mann. st 1047

– Der Turm von Babel. Erinnerung an eine Deutsche Demokratische Republik. st 2174

– Die unerwünschte Literatur. Deutsche Schriftsteller und Bücher 1968-1985. st 1958

– Das unglückliche Bewußtsein. Zur deutschen Literaturgeschichte von Lessing bis Heine. st 1634

Michael, Friedrich / Hans Daiber: Geschichte des deutschen Theaters. st 1665

Mommsen, Katharina: Goethe und 1001 Nacht. st 674

Muschg, Adolf: Gottfried Keller. st 617

Painter, George D.: Marcel Proust. Eine Biographie. 2 Bde. Deutsch von Christian Enzensberger und Ilse Wodtke. st 561

Pfeifer, Martin: Hesse-Kommentar zu sämtlichen Werken. st 1740

Pike, David: Deutsche Schriftsteller im sowjetischen Exil 1933-1945. Aus dem Amerikanischen von Lore Brüggemann. st 1933

Razumovsky, Maria: Marina Zwetajewa. Eine Biographie. st 1570

Rühle, Günther: Die Büchermacher. Von Autoren, Verlegern, Buchhändlern, Messen und Konzernen. st 1205

259/2/7.93

Literaturwissenschaft in den suhrkamp taschenbüchern

Rühle, Günther: Anarchie in der Regie? Theater in unserer Zeit. Zweiter Band. st 862
– Was soll das Theater? Theater in unserer Zeit. Dritter Band. st 1940
Ruy Sánchez, Alberto: Octavio Paz. Leben und Werk. Eine Einführung. Aus dem Spanischen von Thomas Brovot. st 1894
Scheerer, Thomas: Mario Vargas Llosa. Eine Monographie. st 1789
Schreibende Frauen. Frauen – Literatur – Geschichte. Vom Mittelalter bis zur Gegenwart. Herausgegeben von Hiltrud Gnüg und Renate Möhrmann. st 1603
Simon, Alfred: Beckett. Aus dem Französischen von Michael Bischoff. st 1798
Starobinski, Jean: Psychoanalyse und Literatur. Aus dem Französischen von Eckhart Rohloff. st 1779
Sternberger, Dolf: Heinrich Heine und die Abschaffung der Sünde. Mit einem Nachtrag von 1975. st 308
Unseld, Siegfried: Der Autor und sein Verleger. st 1204
Utopieforschung. Interdisziplinäre Studien zur neuzeitlichen Utopie. 3 Bde. Herausgegeben von Wilhelm Voßkamp. st 1159
Vargas Llosa, Mario: Die Wahrheit der Lügen. Aus dem Spanischen von Elke Wehr. Erstausgabe. st 2283
Walser, Martin: Auskunft. 23 Gespräche aus 26 Jahren. Herausgegeben von Klaus Siblewski. Erstausgabe. st 1871
– Beschreibung einer Form. Versuch über Kafka. st 1891
Winkels, Hubert: Einschnitte. Zur Literatur der 80er Jahre. st 1804
Die ZEIT-Bibliothek der 100 Bücher. Herausgegeben von Fritz J. Raddatz. st 645
Die ZEIT-Bibliothek der 100 Sachbücher. Herausgegeben von Fritz J. Raddatz. st 1074

259/3/7.93